El Prisionero

El Prisionero es el relato de un cuento en memoria de un amigo muy querido,

Que fue prisionero en la vida real por cosas del hombre,
En su memoria se escribió este cuento, para que sepa que lo seguimos recordando,

Acuerdense de los presos, como si ustedes fueran sus compañeros de cárcel, y también de los que son maltratados, como si fueran ustedes mismos los que sufren.

Hebreos 13:3

Y tomó su amo a José, y lo puso en la cárcel,
donde estaban los presos del rey, y estuvo allí en la cárcel,
pero Jehová estaba con José y le extendió su misericordia,
y le dio gracia en los ojos del jefe de la cárcel.

Genesis 39:20

EL PRISIONERO

Sueños de un Prisionero

El hombre se había quedado dormido en una banca del parque,
había terminado agotado después de haber caminado varios kilómetros desde la parada del autobús.
Se sobresaltó de repente al escuchar el sonoro ruido del aleteo y el gorjear de las aves que volvían a posarse en las frondosas ramas de los árboles del parque,
como lo hacen todas las tardes al caer la noche.

Hizo un recuento mental de todo lo que había pasado ese día, en su tan ansiado regreso al pueblo del que hacía mucho tiempo había partido con la ilusión de un día poder volver.

Aquella mañana, hacía apenas unas cuantas horas había tomado el autobús que lo llevaría hasta el pueblo,
pero nunca imaginó que en realidad lo dejaría muy lejos de donde realmente era su destino,
y tuvo que caminar más de 4 horas para llegar casi al atardecer al centro del pueblo.

Mismo que le pareció tan diferente a como lo miraba en el extraviado laberinto de sus sueños,
cuando envuelto en la nostalgia de sus sueños volvía después de tanto tiempo.

Sentado en aquella banca que aún olía a pintura fresca se miró sorprendido, pues nuevamente llegaban a su memoria los recuerdos de cuando estuvo por última vez en el pueblo.

Experimentó una sensación de escalofrío de emociones recorrer su ser.
Sentía la alegría de al fin estar en el pueblo donde vivían sus recuerdos.
Al mismo tiempo en su interior le hacía un reproche a su memoria,
Pues tenía el presentimiento que todo fuera como siempre,
y esto fuera otra vez solo un reflejo de su deseo en su pensamiento.
Como en otras tantas veces ya lo había experimentado,
sintió el miedo de hacerse otra vez la misma pregunta que le congelaba el alma,

y si solo es un sueño?

Era la pregunta que lo volvía a la realidad del sublime sueño,
Y volvió a mirarse en aquel cuarto de 2x2 en aquella litera de concreto, en la oscura soledad de su realidad,
recostado boca arriba con los brazos en cruz y la resignación de su sueño en la mirada.

Al despertar se quedó mirando por un rato la luz de neón fosforescente que titilaba en el techo de la cornisa de aquella pared, que estaba a punto de despegarse del techo por el paso del tiempo y la falta de mantenimiento.

Se despertó con la nostalgia del mismo sueño que se había vuelto frecuente en sus noches de insomnio.

El mismo que lo llevaba de regreso hasta el pueblo de sus recuerdos.

Respiro resignado a que una vez más, todo había sido solo un sueño.
El mismo sueño de siempre, el de ayer, el de la semana pasada, el de hace un mes, el de siempre.
El de todos los días desde que fue recluido en aquel penal.

Pero le complacía la sensación de soñar con su pueblo, pues aunque ya había pasado mucho tiempo,
mantenía la ilusión de algún día volver a ver las calles del pueblo donde alguna vez, en un tiempo, fue feliz.

Su nombre fue. Juan Pedro Avelar Garcia, y fue mi amigo desde aquel día que fue transferido al reclusorio,
Fuimos compañeros de celda por mucho tiempo.

Compartimos también desde entonces la misma esperanza de salir algún día.

En un principio fue muy reservado, pocas palabras al hablar siempre distraído en sus recuerdos.

Fue con el tiempo que supimos un poco de él, por parte de un cura y un hombre joven que le visitaban siempre una vez por mes.

Creció en el seno de una familia catolica,
Primer hijo del matrimonio entre Don Gilberto Avelar y doña Cecilia Garcia Ramirez.
Vivió y creció en el pueblo de tejalpa hasta los 15 años, cuando tuvo que mudarse a la ciudad para seguir con sus estudios.

Ayudó siempre con gran esmero a su padre en las labores del campo.
De quien aprendió diferentes labores,
Aprendió a temprana edad la habilidad de ordeñar las vacas sin supervisión alguna,
También ayudaba a su padre en la difícil tarea de herrar los novillos.

Aprendió a cabalgar desde muy joven,
lo hacía igual con montura o libre al puro pelo,
Sabía arrear con esmero los rebaños hasta los abrevaderos del río.

Tenía la certeza de reconocer entre el ganado vacuno las hembras que estaban más prontas a parir.

Labores que siguió ejerciendo incluso en los días célebres de licencia libre en la facultad, donde estudiaba la carrera de agronomía.

Misma que logró años después, y que celebró al mismo tiempo que se unía en matrimonio civil con julia isabel su prometida, que también alcanzaba su graduación en la carrera de medicina veterinaria.

Acto que celebraron en todo lo alto en una fastuosa celebración por tan importante logro.

Pero nadie imaginó que tanta alegría fuera perturbada tan solo unos días después de la graduación y a tan solo unos días de celebrarse la boda religiosa.

En el pueblo de tejalpa sucedió un hecho verdaderamente escalofriante en el que se vieron involucradas varias personas del pueblo, y que llevó a prisión a un hombre inocente que cargó con la culpa de aquella desgracia.

Culpado directamente por aquella tragedia donde perdieron la vida más de 8 personas del pueblo.

Juan Pedro fue declarado culpable y sentenciado a 20 años en presidio por aquella tragedia,
solo apenas unos días después de celebrar su matrimonio civil con julia Isabel,

y a solo una semana de la boda religiosa.

Después de mantener 8 días en custodia a Juan Pedro en la cárcel municipal del pueblo, Don Artemio Cruz, alcalde del pueblo, lo remitió hasta el centro penitenciario del estado, donde cumpliría su condena por aquella culpa.

Fue así como aquella mañana de agosto y bajo una torrencial tormenta, el reo R-11976-06 fue transferido al centro penitenciario de Matamoros.

Un abogado de oficio intentó ayudarlo, alegando demencia senil,
Pero la poca colaboración por parte del acusado, hizo que el abogado desistiera en seguir con la defensa,
pues Juan Pedro permanecía en un estado de conmoción por el desenlace fatal de aquella tragedia que lo mantuvo mucho tiempo en una especie de letargo emocional.

Fue muchos años después en prisión,
cuando empezó a recuperar la cordura con la ayuda de unos religiosos que llegaban cada fin de mes, para leer pasajes de la biblia a los reos,
en su tiempo de oración en la pequeña capilla del penal.

Fue como poco a poco se interesó en las diferentes actividades que ofrecía el reclusorio para su rehabilitación.

Fue entonces que empezó a mostrar más interés en los días de visita.

En un principio el padre esquivel lo visitaba dos veces por mes, llevando pormenores del pueblo y noticias de Pablo, su hermano menor, que había quedado bajo su custodia.

El padre Esquivel fue el párroco del pueblo de tejalpa por muchos años,

Hasta que fue reemplazado por el padre santiago josé, Pues ya los años habían ganado tiempo en la vida del padre esquivel.

Y fue restituido a la edad de 90 años.

Fue el único que le visitó en prisión desde los primeros meses, y lo siguió haciendo hasta que su cuerpo ya no le dio las fuerzas para seguir llegando los días de visita.

Que eran dos veces por mes, como siempre lo había hecho.

Siempre llegaba acompañado de un joven, un adolecente hermano menor de juan pedro,

Que a consecuencia de la tragedia y sin tener un familiar en la vida,

Quedó al cuidado del padre Esquivel, que solicitó su custodia, al quedar desamparado después de la tragedia.

El padre Esquivel llegaba dos veces por mes, trataba de animarlo en las charlas en los días de visita, aunque intentaban nunca hablar de la tragedia, siempre terminaban hablando de Julia Isabel, la mujer que tanto amo, y que fue su esposa por unos días, y que perdiera la vida en aquel trágico día.

Julia Sofia de la Huerta Aguilar, tercera hija del matrimonio, de Don José Miguel de la Huerta Munguía y Doña Leonor Aguilar Rivero.

Hija menor de la familia,
siempre alegre, acostumbraba siempre acompañar a su madre y hermana mayor, en las tareas de servicio en la parroquia, y servía de gran ayuda al padre Esquivel en los días de las celebraciones de las fiestas patronales.

Ayudaba de buena voluntad en la organización y los preparativos que se llevaban a cabo en la comunidad, días previos a la gran celebración de la Semana Santa.

Con gran devoción se encargaba de los arreglos florales de la parroquia en los días de celebración.

Además que su familia por parte de madre, eran los parientes más cercanos del padre Jose Antonio Esquivel, párroco de la iglesia en la comunidad.

Admiradora de la naturaleza y los animales,
siempre demostró gran compasión por los animales que algunas veces encontraba mal heridos vagando por el pueblo, curaba de las aves heridas que encontraba por el río, que después dejaba en libertad en los primeros días de primavera.

Se conocieron desde la escuela primaria,
fueron amigos desde entonces,
aunque poco platicaban fuera de horario de clases,
siempre aprovecharon el tiempo en la escuela para cultivar su amistad,
años después se convertirían en la más hermosa pareja de enamorados, destilando amor en sus caminatas por el pueblo,
se divertían a lo grande en los días de las fiestas patronales del pueblo.

En tiempos cuando ya cursaba la escuela secundaria en el amanecer de su adolescencia,
el dibujaba corazones con flores rojas,
y los hacía volar en aviones de papel que discretamente colocaba en el pupitre de ella,
que sonriente siempre colecciono cada uno de los poemas que con cariño Juan Pedro siempre le hacía llegar.

Fue tan grande su dedicación por el bienestar de los animales,
que más tarde en su adolescencia, después de los estudios de bachillerato, decidió estudiar la licenciatura en ciencias y biociencias veterinarias e industria.

En ocasiones acompañaba a la familia de Juan Pedro, cuando se enteraba que nacería la nueva camada de terneros,
desde entonces compartían tiempo en familia pues también los padres de ambos eran buenos amigos.

Los tiempos de escuela fueron formando a esta pareja y llevándolos por un camino de amor y respeto.

Su amistad se hizo más notable con el paso de los días.
Fue por ese tiempo, cuando estudiaban la preparatoria que se hicieron inseparables, pasaban largas horas planeando con anticipación las vacaciones de verano para coincidir en el pueblo y dar largos paseos por la rivera del rio.
Como lo habían hecho desde hacía un par de años.

Julia Sofía de la Huerta Aguilar,
fue ante los ojos de Juan Pedro la niña más hermosa.
A quien siempre le pareció divertido el detalle de dejar pequeñas notas de cariño en su mesa de trabajo.
Desde niños los unió un lazo de amistad al compartir detalles de trabajo y disfrutando el tiempo en las actividades escolares.

En una ocasión, en un cumpleaños de Juan Pedro,
Julia Sofia le regaló una cajita con algunos de los poemas que había guardado de los tantos que él le había regalado en pequeñas notas que dejaba en su pupitre, y que a su vez ella escribiera en el reverso expresivas palabras dedicadas a él.

Y como respuesta a ese gesto
el día de su cumpleanos número 15 de julia,
él le hizo llegar hasta su casa una pequeña ternera,
cría recién destetada, como regalo de cumpleaños.

Haciendo la promesa por escrito en una nota que sin importar lo que el futuro les trajera,
serían siempre el uno para el otro, la persona más importante.

siempre buscaron la manera de comunicar sus planes para continuar los estudios en la ciudad.

ya que ella se decidió a estudiar la ciencia que le permitiera ayudar a los animales,

tiempo después la vida le alcanzaría solo para ver su sueño hecho realidad.

Pues un par de meses después de graduarse de doctora en medicina veterinaria, sucedería una terrible tragedia en las cercanías del pueblo.

Juan Pedro y julia Sofia vivieron un romance desde que fueron adolescentes,

y siguieron así hasta la graduación de sus prometedoras carreras.

habían planeado coronar su amor en matrimonio en una ceremonia que sería celebrada tan solo unos días después de su graduación.

Desde meses antes de tan esperada fecha,

ya planeaban donde, y como seria la ceremonia.

En la lista de invitados sin duda había muchas personas conocidas,

desde la niñez hasta el colegio universitario.

Todo parecía tan normal, que nadie podría imaginar,

que el fatídico día sucediera en vísperas de la boda religiosa.

Nadie imaginó que la tragedia llegaría antes de tan anhelada celebración,
toda la gente quedó asombrada por la forma en que sucedieron los hechos, pues era de no creer que en un solo día, varias personas del pueblo perdieron la vida de una forma tan inesperada.

Y del cual, él, fue culpado por el comisario en turno del pueblo, para proteger a Rubén,

En las declaraciones que muchos años después confesaron los testigos de la tragedia,
dijeron que Rubén fue el directo responsable de aquella tragedia.
Pero que en un principio se habían negado a declarar por miedo a represalias por parte de don Artemio Cruz, comisario del pueblo en aquel entonces.

En los primeros años en el presidio hablaba poco,
no se interesaba en las diferentes actividades que proveía el plantel de rehabilitación,

pasaba el tiempo absorto en sus pensamientos.

Por las noches despertaba desorientado y gritando, recordando aquel día trágico del cual nunca pudo borrar de su mente.

En un principio parecía no darle importancia a nada de lo que sucedía con su vida en el penal.

Se limitaba a seguir el reglamento y poco hablaba de su persona,

En una ocasión que intenté abordar el tema de la razón que lo trajo hasta este presidio,

se limitó a ignorar las preguntas,

solo se repetía a sí mismo,

por mala suerte, por pura mala suerte.

Yo le aseguré que eso de la suerte, ya sea buena o la mala no existe pues desde mi punto de vista todo sucede por una razón,

Toda reacción proviene de una acción y no involucra a la suerte sea buena o mala.

Simplemente son las consecuencias de nuestras acciones.

Muchos años después en el penal cuando ya había reaccionado de su estado hipnótico de aquella tragedia.

Hablamos de muchas cosas, de los tantos planes que hacíamos todos los compañeros,

Cuando soñábamos con el día de nuestra libertad.

Si bien era una esperanza muy poco probable por diferentes razones, aquella era una idea que no podía faltar en nuestros días de nostalgia,

El hablaba mucho de su pueblo,
describiendo a detalle las calles de su pueblo,
Después un día empezó con los sueños donde se miraba que regresaba y se despertaba absorto por la nostalgia y la decepción de haber vivido solo un sueño porque decía siempre despertarse antes de cruzar el río.

De vez en cuando encontraba el valor de contar los diferentes sueños que tenía acerca de su pueblo y su gente.

Soñaba que regresaba a su pueblo después de mucho tiempo.

Hablaba con gran emoción siempre dando detalles de su pueblo, aunque al mismo tiempo se le cortaba la voz al recordar el frustrado sueño.

Pues decía que siempre se despertaba en el mismo punto, siempre que estaba por cruzar el río que está antes de llegar al pueblo y se despertaba sobresaltado y nunca lograba cruzar el río.

Contaba con detalle de cómo era su pueblo en primavera, y en los días de feria cuando celebran las fiestas patronales.

Santa Cruz Tejalpa, un pueblo enclavado en las riberas de un río,
poco más de mil habitantes dedicados a la ganadería y agricultura.
pueblo pintoresco escondido en las montañas de la sierra madre,
Arrullado siempre por alegres cantares de aves que sobrevuelan a baja altura por las riberas del río.
Donde cada amanecer es especial,
cuando los primeros rayos del sol parecen despertar las corrientes dormidas del río, lanzando destellos de un brillo multicolor con la efervescencia de la primera luz del sol en cada amanecer.

Pueblo mágico escogido por Dios para ser testigo de grandes acontecimientos importantes.
pues fue en tejalpa donde hace muchos años a finales del siglo XIX
Nació la tradición que incrementó la fe de sus habitantes,
y cambió para bien las costumbres de la región.

Fue un viernes de cuaresma cuando sucedió el milagro del santificado acontecimiento.

De cuando un mercader errante paso por estas tierras,
y solicitara permiso para pasar la noche en una de las humildes cabañas a orillas del pueblo.

Cuenta la historia de un mercader que pasaba por el pueblo le sorprendió la noche,

llegó a las entradas de una humilde vivienda una tarde de verano cuando ya casi oscurecía, solicitó hospedaje a una pareja de ancianos quienes le concedieron pasar la noche en un pequeño portal contiguo a la casa.

Siempre ha sido una tradición en la gente del pueblo, hospedar a mercaderes que pasan por el pueblo arreando de sus rebaños y comerciantes que pasan a hospedarse cuando ha caído la tarde y es difícil continuar su camino.

Le permitieron pasar la noche en un pequeño portal pues era muy común en aquellos tiempos ver llegar al pueblo mercaderes y arrieros con diferente propósitos,

arreando de sus ganados o cargando mercancías que vendían en los diferentes pueblos de la región.

Acostumbraban hospedar a mercaderes que pasaban por el pueblo arreando de sus rebaños y comerciantes que pasan a hospedarse cuando ha caído la tarde y es difícil continuar su camino.

Después de presentar sus respetos a la pareja de ancianos, el extranjero mercader andante se percató de una cruz de madera que sus hospitalarios poseían en una pequeña aula de su casa.

El mercader se acercó a la majestuosa obra,
Y en sus propias palabras hizo una pequeña reseña de lo que representa la cruz desde tiempos antiguos.

El mercader se postró ante la cruz y rezó una especie de oración en una lengua antigua,
permaneció en silencio mientras murmuraba unas palabras que los ancianos no entendían.
Luego se volvió a ellos con un semblante que inspiraba tranquilidad.

Con voz amable les relato unas palabras acerca de la cruz,
es la cruz donde se representa la victoria sobre la muerte, dijo con voz serena.

Es símbolo de esperanza para todo aquel que acepte la salvación eterna.

Sugirió labrar un cristo en la cruz,
para que los hombres puedan recordar y honrar tan sublime acto de redención para la salvación y expiación de los pecados, y llegue el perdón entre los hombres a todos los rincones del mundo.
Y nunca olviden que la cruz es el símbolo que marca el inicio al camino de la salvación eterna.

Incluso este lugar escondido, incrustado en las riberas del río.

Aquellas palabras causaron sin duda emociones gratas en la pareja de ancianos.

La emoción por aquellas palabras le aguaron los ojos al anciano y se le quebró la voz al contestar,
dijo no contar con los medios para elaborar un cristo para la cruz.

En ese momento, el humilde mercader ofreció su sabiduría para tan sublime manifestación de fe.

Dijo usaría sus conocimientos para dejar en la cruz,
Una muestra de amor,
y puedan los hombres entender que él, no los ha olvidado,
que en cada amanecer y en cada nacimiento de un ser en la tierra, es la prueba de que Dios, aún tiene fe en la humanidad.

Y los hombres comprendan que sin importar lo apartado que esté un pueblo, todos son amados por el creador.
incluso los más escondidos, como el pueblo de tejalpa,
donde dejaría la huella de que DIOS no se olvida de su más hermosa creación y un día puedan seguir las enseñanzas divinas de amar a tu prójimo como a ti mismo.

Porque él siempre escucha la voz del más pequeño de sus hijos.

Como el buen pastor cuida de las ovejas, así el cuida con amor de su gran creación,

Igual que el pastor cuida a las ovejas y todas son importantes para él y a todas las ama por igual.

Y si en algún momento alguna se extraviara, dejaría el rebaño a salvo, y sin dudar saldría a buscar la extraviada sin importar cuán lejos se aparte no descansará hasta hacerla volver sana y salva al rebaño.

Y al encontrarla su corazón se llenará de gozo, y será una gran celebración pues la oveja que se había perdido, vuelve otra vez al rebaño. (lucas 15)

Para que nunca olviden tan hermosa prueba de amor,
para recordar por siempre la muestra de amor más grande que hace más de dos mil años,
El hijo de Dios ofrendo en un madero.
Para el perdón de los pecados.

El errante mercader habló con palabras sabias, mismas que los ancianos después repitieron a los habitantes del pueblo.

Pues aquel mercader dejaría la muestra de que un día estuvo aquí.

y como acto de agradecimiento de haberle hospedado , dejaría la muestra de su paso por el pueblo.

Una imagen en la cruz como agradecimiento de su estadía y buen corazón por haberle hospedado y compartir su mesa en esa noche de tormenta.

Cuenta la historia que esa noche el extranjero trabajo en su preciada obra, y para cuando llegó el amanecer,
cuando creían que el mercader se había marchado sin despedirse,
El anciano aceptó la idea de que se había marchado antes del amanecer, después de haberle buscado sin encontrarlo por ningún lado.
No obstante había dejado en su lugar un cristo cuidadosamente colocado en la cruz para regocijo de los habitantes del pueblo de tejalpa.

Misteriosamente con mucho parecido en las facciones del rostro del mercader errante,
que lo reconocieron enseguida al tiempo que repetían las palabras del mercader que la noche anterior habló con la pareja sobre el perdón de los pecados.

Un acontecimiento sagrado que reforzó la fe de la gente del pueblo, e hicieron de ese día un acto de recordación,
y en su honor se celebra año con año en los días de la cuaresma, el gran acontecimiento.

Adoptando desde entonces y en honor al sagrado acontecimiento, el nombre de Santa Cruz Tejalpa.

Dando paso a una celebración, y una tradición para celebrar desde entonces en la pascua de semana santa, el acto que les fue explicado a los ancianos acerca de la crucifixión, para el perdón de los pecados y la vida espiritual eterna.

Desde entonces año con año en esas mismas fechas,
se celebra el gran acontecimiento,
con jubilosos peregrinajes reafirmando la fe.

Es una gran celebración de fieles que acuden devotos en peregrinajes llenos de fe, con la promesa de llegar hasta su santuario a ofrendar su fe y hacer la promesa de volver el año siguiente.

Para estar presentes en la misa de 5to viernes
en la simulación del calvario.
y el sábado de gloria celebrar con gran deleite en las frescas aguas del río.
Cruzando una y otra vez por la "hamaca"
un puente colgante que comunica los dos lados del pueblo .
Atracción de todos los fieles en la celebración.

Una ocasión me contó que soñó que llegaba al pueblo,
Esta vez sí había logrado cruzar el río que está antes de llegar al pueblo.
Contó emocionado que el sueño fue muy real.
se sintió tan real cuando se miró en aquella banca de la plaza del centro y caminaba con paso lento mirando las calles,
se asombraba de vez en cuando cuando miraba construcciones que no recordaba que estuvieran ahí,
Largas filas de plantas a lo largo de la calle central.

Le sorprendió que estuvieran en tan buen estado, como cuando estaban en aquellos días que las miro por primera vez, cuando los trabajadores del ayuntamiento las habían plantado en aquella primavera del año anterior.

El pavimento de la calle aún estaba reciente,

Plantas de ornato se balanceaban a voluntad del viento a lo largo del camellón que divide la calle en dos sentidos.

Camino por las calles sin importar el tiempo, al contrario de cuando en otros días apresuraba el paso para llegar a casa.
Miraba con asombro las personas que pasaban de prisa por la plaza, apurando el paso ante la llegada del atardecer.

No se preocupaba por esquivar las miradas de gente sorprendida que le seguía los pasos,
como queriendo reconocer al hombre desconocido, que aseguraba ser del pueblo pero que nadie recordaba haberle visto antes.

Aunque él intentaba reconocer algunas de las miradas en aquellas personas, no lograba acertar cuando comparaba las caras de aquellas personas con las otras que vivían en su recuerdo.

Pues todo estaba igual en su recuerdo, el pueblo no había cambiado, pero sí en la mirada de la gente,
pues por más que intentaba reconocer alguna cara conocida en aquellas miradas, todas eran caras nuevas ajenas a su recuerdo.

Y tuvo la impresión que quizá nadie lo recordaba tanto como él recordaba al pueblo.
Se sintió de pronto acorralado en sus recuerdos, miserable al percibir que nadie lo recordaba,

Pero el sueño cambió de pronto.
pues mientras avanzaba siempre había algo nuevo que le causaba asombro.
pues aunque en su sueño todo era igual a la última vez que camino por estas calles.

En su mente él sabía que había pasado mucho tiempo.
y esta visión era solo el reflejo de la última imagen que su conciencia tenía registrada de aquel lugar.

Al igual que en otras tantas noches que soñaba con el regreso envuelto en la nostalgia de su soledad en prisión.

En la vigilia de sus sueños se preguntó muchas veces de cómo es posible soñar con un lugar,
y conservarlo intacto siempre en el recuerdo de la memoria, como la última vez que se estuvo ahí.

Intacto en apariencia, fiel a los detalles, le fascinó la idea de saber que en los sueños el tiempo se detiene y se manipula a los antojos de la memoria de los recuerdos.

Incluso se puede viajar al pasado a través de los sueños, pensaba.

Que él lo hacía cada noche que se envolvía en su melancolía y añoranza por el pueblo y la gente que en un tiempo conoció.

lograba mirar todo y a todos, igual que la última vez, Como si el tiempo estuviera detenido en ese plano de ensueño.

Soñaba en los días aquellos cuando era estudiante, y tomaba clases de agronomía en la facúltad.

pero con una diferencia que le distorsionaba el mismo sueño.

Pues lograba mirar a todos a su alrededor jóvenes, igual como en aquellos días cuando la clase planeaba salir en un viaje de vacaciones después de la graduación.

planeaban hacer un viaje por el interior del país, Un recorrido vacacional que lo harían en tren.

Planeaban olvidarse del estrés escolar en un viaje sin preocupaciones.

Un viaje que nunca hicieron,
En un tren que nunca abordaron

Pues la vida les tenía otros planes en su destino.

Sueños que en las madrugadas decepcionantes le gritaban la realidad de su existencia, saber que todo era un sueño.

Se preguntaba si sería posible soñar con el futuro. Si acaso esa posibilidad le es permitida a un prisionero.

En las noches de insomnio,

cuando le sorprendía el amanecer embriagado de nostalgia,
Llegaba siempre a la misma conclusión.
Que no se puede soñar con algo que nunca hayan mirado tus ojos,
Ya que no habrá nada en tu memoria de recuerdos.
Nada que haya dejado un registro en la memoria,
Algo que él llamó, "El registro de eventos".

Pero al mismo tiempo se contradecía, afirmando que sí.
Que si es posible soñar con algo,
aunque solo lo hayas imaginado alguna vez.

Pero sería un sueño falso sin registro, porque solo lo pensaste, y nunca fue materializado, comprobado por la mirada.
Por lo tanto sería un sueño sin registro,
como él también le llamó a los sueños imaginarios,
sueños lúcidos sin registro.
Sonar despierto.

Porque al despertar, por mucho que intentes recordar los detalles.
Solo sabrás que estuvo ahí, sin registro en la memoria,
por lo tanto pasaría al triste olvido.
y se quedará prisionero en el mundo de los sueños.
Pues no tendrá un registro como tal en tu memoria.
Un sueño falso, sin registro.

Cansado de pensar en lo que alguna vez fue la vida en libertad, Llegaba a la conclusión,
Que para materializar un sueño, es preciso tener el coraje y la determinación de mirarse a uno mismo en ese sueño,
para lograr un registro en la memoria y al despertar no perder de vista tu sueño,
recordando los detalles y poder materializar en la vida real.

Noche tras noche en la vigilia de sus sueños.
Pensaba en el dia que pudiera estar de nuevo en ese pueblo,
Del cual sí tenía el registro en su memoria y era como lo miraba en sus sueños,
Como lo miro la última vez que estuvo ahí.

Y en su desvarío de soledad en la prisión,
Aceptaba con resignación que para poder soñar,
Es preciso registrar de alguna manera la imagen o evento.
en tu mente,
ya sea por vicio o imaginación.

aceptando el hecho de que si no lo has visto o imaginado,
No lo podrás soñar.

porque no existe el " registro de evento" en tu memoria ,
de lo contrario a que si ya lo pensaste, lo imaginaste o lo miraste ,
Ten la seguridad que ya ha quedado registrado en tu memoria, y por lo tanto ya lo puedes descargar en el umbral de los sueños.

Era así como en la memoria de sus sueños se convertía en el creador de su propio mundo, en su propia realidad.
Una realidad donde daba vida a un pasado,
que hacía más de 20 años había quedado en el olvido.
pero lo mantenía vivo en el recuerdo, como la última vez.

Y por el registro del evento en su memoria.
era ahí, en esa realidad de ensueño donde ella vivía en sus recuerdos.
Donde ella le esperaba también.

Sueños con registro, donde el, urgía a su memoria con ansia desbordada llegar hasta el umbral de siempre,
donde siempre ella le esperaba.

Sueños donde su mente buscaba entre sus recuerdos
las imágenes del pueblo.
donde en algún tiempo fue feliz, y que al mismo tiempo marcó la desgracia más triste de su vida.

lugar donde muchas veces a través de sus sueños intentaba mantener con vida los últimos recuerdos de ese lugar donde vivió la etapa más feliz de su vida.

Y en ese portal de ensueño,
era donde ella esperaba por él en cada noche, en cada sueño.

Fantasía que le ayudaba mantener la imagen de "ella",
igual que aquella última vez que se miró en el café-claro de sus ojos.
Cuando desbordados de pasión, derrocharon amor ante la mirada discreta de la luna.

Pues en sus sueños se encontraba con sus recuerdos y podía vivir y sentir la emoción de aquellos tiempos.
envuelto en los recuerdos de sus sueños.

Mientras avanzaba a paso lento.
Recordaba con nostalgia las tantas veces que camino por esas calles agarrado de la falda de su madre.
cuando se resistía a quedarse solo el primer día de clases, cuando acudió a la escuela por primera vez.

Caminaba lento como intentando no pasar por alto algún detalle.

Se dio cuenta que caminaba por la plaza central del pueblo, pues una fila de árboles cuidadosamente recortados se mostraban imponentes frente a él, como queriendo también ser apreciados, por la cansada mirada de aquel hombre.

Que se mantenían igual que hacía muchos años Cuando tenía libertad caminaban tomados de la mano disfrutando de la compañía de ella.

El color rojizo del sol ocultándose en la lejanía, Poco a poco cedía el paso a las sombras de la noche que se aproximaban al esconderse el sol.

Parvadas de aves revoloteaban a baja altura entre los árboles que adornaban la plaza.

Diferentes aves que regresan de sus jornadas diarias, Después de cumplir con la misión donada por el creador.

De volar y cantar sus melodiosos trinos para alegrar los campos y esparcir las diferentes semillas que habrán de germinar con la llegada de las lluvias en primavera.

Apresuró su paso de repente, mientras se repetía a sí mismo que esta vez tendría que llegar hasta la parroquia, pues muchas veces había implorado por el día que pudiera llegar hasta el pueblo que lo vio nacer, y poder visitar la iglesia, y dar gracias por la dicha de volver.

Después llegaría hasta la casa donde vivió su niñez y adolescencia, en compañía de sus padres y hermano menor.

Se sentía cansado pero estaba feliz,
pues por primera vez lograba llegar hasta el centro del pueblo,

Algunas veces soñó que llegaba al pueblo pero por una extraña razón, nunca pudo cruzar el río,
un sueño muy extraño.
Pues cuando ya se sentía en el pueblo siempre se despertaba justo antes de cruzar el río.

El río que en aquel tiempo serpenteaba justo a la entrada del pueblo,
y no es que el cauce aya cambiado de curso,
más bien es el crecimiento del pueblo lo que hace que poco a poco el río se vaya quedando en medio.

En otra ocasión dijo, que alguien del pueblo al que no recordaba haberle visto antes,
y que tampoco conocía por nombre,
se ofreció a llevarlo en su viejo auto hasta el "crucero".
un paraje donde sale la desviación que llega hasta el pueblo,
y donde en un tiempo era también la vieja parada de autobuses,
aceptó un poco a disgusto.

Pues siempre se había prometido a sí mismo.
que el día que volviera a su pueblo.
caminaría hasta el zócalo de la plaza principal desde la parada de autobuses, que en aquellos años estaba a más de 12 kilómetros.

Y no para demostrar su resistencia de buen caminante, si no por el simple placer de sentir el aire tibio del atardecer golpearle la cara, y deslumbrar los ojos con el color azul brillante que refleja los últimos rayos del sol en la cúpula de la iglesia que se divisa desde lejos.

Y sin importar el tiempo que tardase en llegar.
Estaría muy a gusto en hacer el recorrido sin problema,
pues sin duda sería un día especial.

muy a gusto caminaría desde la cofradía.
la desviación que llega hasta el pueblo
donde en un tiempo, hace muchos años estaba la antigua parada de autobuses.

Pues aún no existía una línea de transporte que hiciera el recorrido hasta el pueblo.

Fue un sueño especial como tantos otros,
se sentía feliz después de una larga espera.
Al fin regresaba al pueblo donde le esperaban sus recuerdos.

El caminar por la vieja carretera le despertaba cierta nostalgia,
el ruido del agua del río al golpear con el acantilado y el gorjeo de las aves revoloteando a baja altura es la voz de su pueblo, la voz que le llamaba en sus sueños.
Como los días de ayer, cuando camino por los mismos lugares donde tantas otras veces camino al lado de su padre.

Venían a su mente los recuerdos, de cuando hace muchos años, el, recorriera esas mismas polvorientas calles, arreando el ganado vacuno hasta el abrevadero.

La idea de volver a ver a su gente le despertaba en su interior cierta angustia, pues una oleada de incertidumbre le invadió de pronto, el sentimiento que tantas veces le contrariaba el pensamiento.
Pensar que quizá ya nadie en el pueblo se acordara de él.

El tiempo pasaba Inexorable sin detener su tic tac el reloj del tiempo.

Mientras el cumplia una sentencia en el penal del sur,
por el delito de homicidio que le inculparon.
desde donde soñaba con el día de volver a su pueblo que lo vio nacer.

En días de nostalgia, Juan Pedro contaba con detalle cómo era su pueblo en aquel tiempo cuando era adolecente. hablaba de ciertas habilidades que hay que tener cuando se tiene que cruzar el río.

Es muy importante conocer las partes más bajas y la corriente de las aguas para poder cruzar el río sin problema.

Su pueblo está justo cruzando el río.
de los dos lados de la carretera,
ya seas que se llegue o salgas del pueblo, vayas al sur o al norte,
Pues el río forma una curiosa península a su alrededor.

Me contó que desde muy pequeño su padre le enseñó a conocer el río.
a respetar las corrientes, pues en tiempo de lluvias el río trae creciente y hay que mostrar respeto a las corrientes inesperadas.

Contó con profunda nostalgia aquella primera vez cuando su padre le confió una tarea importante, y esta incluía cruzar el río.
Le previno de lo más importante, de no olvidar las recomendaciones,

Recordar los pasos de las formas que muchas veces ya habían cruzado juntos.

Que buscará siempre cruzar a favor de la corriente.
en aquella ocasión espero pacientemente que llegara la hora, para demostrar a su padre que estaba preparado para demostrar lo que había aprendido de él.
De todas las veces que ya habían cruzado juntos.

De todo eso se acordaba cuando llegó el día en que llevaría un encargo de su padre.

Esa tarde después del horario de escuela cuando llegó al río, se retiró un poco de la orilla y pasó muchos minutos observando el sube y baja del agua, mirando las pequeñas olas que ondulaban hacia la orilla.

Un poco nervioso por la emoción de cumplir con la tarea encomendada, y vivir por primera vez la experiencia de cruzar el río.

por primera vez solo.

Su mirada quedó atrapada en la corriente de las aguas.
En su incansable recorrido formando dunas de agua,

Esas que se forman cuando el agua corre por encima de las rocas del lecho del río.

El murmullo del agua golpeando entre las rocas le causaba cierta ansiedad, aunado al ritmo agitado de su corazón por la emoción le parecía que palpitaba más fuerte que nunca.

Sin apartar la mirada del río, intentaba calcular cuánto podría medir el ancho del río.
Se preguntó si alguna vez alguien ya lo había medido.
quizá alguien había calculado la distancia de una orilla a la otra.
su mirada se perdía siguiendo el continuo flujo del agua en su incansable recorrido,
Pensó que s se decidiera hacerlo podría llegar al mar, con solo seguir el cauce del río, para mirar el delta que se forma al desembocar en el océano,
como lo había leído en un libro.

Después de unos minutos respiró más tranquilo y se dirigió a una roca plana donde muchas veces se cambiaba la ropa,
Pues por su corta estatura siempre era necesario quitarse la ropa y ponerla en la pequeña balsa que les servía de transporte para los diferentes productos que llevaba a casa.

Cuando los niveles de agua suben, es necesario quitarse la ropa, le dijo alguna vez su padre.

Es para hacer más ligero el cruce, además de mantenerla seca.
era en esa roca donde él se cambiaba la ropa, también le servía para sacudir el exceso de arena en los pies,
cuando terminaba de cruzar el río.

En las escenas de sus sueños eran siempre igual,
aunque todo se miraba diferente en las fotografías que el padre esquivel le mostraba en los días de visita.

Algunas calles del pueblo eran diferentes, pues se habían hecho algunos cambios en la calle principal.
la calle que está próxima al río, la que empieza tan pronto se cruza el río, se miraba diferente pues desde hacía tiempo había planes de un proyecto de instalar una bomba de agua potable en la municipalidad,
para llevar el vital líquido a los diferentes puntos del pueblo. Los inicios de construcción habían causado ciertas alteraciones en el cauce.

Pero en sus sueños todo eso no existía.
En sus sueños todo era como siempre , como antes,
como era antes cuando él pasaba por esa calle y cruzaba el río acompañando a su padre.

En el recuerdo de sus sueños el tiempo no pasaba,
Era como si el tiempo se hubiera detenido con la última imagen del pueblo tatuada en su memoria.

Cuando se disponía a cruzar se detuvo por unos segundos,
Miraba con asombro la alegría de una familia que se disponía a cruzar,
se sorprendió al ver la habilidad de los más pequeños prepararse para esa labor,
asombrado de que a pesar de la corta edad, saben que hacer para cruzar con seguridad.

Todo lo hicieron con rapidez,
sabían de memoria que hacer y rápidamente ya estaban cruzando.

Miro a dos pequeños agarrados a la falda de la madre,
mientras el padre cargaba al cuello al más pequeño
junto con la maleta de legumbres que colgaba del hombro.

Los siguió con la mirada mientras avanzaban,
Miro que al principio se movían despacio pero mientras se adentraba en las aguas, parecía que se acostumbraban a la corriente dando la impresión que avanzaban con más prisa.

Y se hizo al agua, siguiéndoles de cerca,
Era obvio que ellos conocían la parte más segura para cruzar y lentamente avanzaba tras de ellos.

Siempre recordando las primeras veces que cruzó en compañía de su padre cuando lo hacía agarrado de su brazo.

Con el tiempo aprendió a caminar de cerca siguiendo sus pasos.

Disfrutaba sentir la sensación que transmite la corriente desgranando la arena bajo sus pies, le transmitía una sensación de tranquilidad,
le hacía sentir que entraba en comunión con el río.

Se acordaba de las clases de catecismo del padre Esquivel, que hablaba que en un principio, DIOS, separó las aguas de la tierra firme, siendo así el principio de su creación.

mientras avanzaba podía sentir la fuerza del agua en cada paso y recordaba el consejo de su padre.
del respeto que hay que mostrar al río cada vez que se cruza.

Aunque no había antecedentes en el pueblo de alguna desgracia a causa de las corrientes.

Solo la vez aquella que arrastró a un individuo distraído, que entro a las aguas en un tiempo que no representaba mucho peligro, pero que al sentir las fuertes corrientes el hombre tropezó en su intento de regresar a la orilla, y la corriente lo arrastró más que un par de metros alcanzando la orilla casi de inmediato, quedando solo en susto sin ninguna desgracia que lamentar.

Pero la ocasión que fue realmente fue la que muchos recordaban y siempre ponían de ejemplo a los más jóvenes y prevenirles de algún accidente,

En aquella ocasión dos jóvenes intrépidos que habían llegado al pueblo con unos amigos para celebrar festividades de año nuevo en un arrebato de hombría apostaron cruzar el río cuando este traía una fuerte creciente debido a las fuertes lluvias, y fueron arrastrados varios metros río abajo,
y que unos pobladores que por casualidad se encontraban cerca, pudieron ayudarles para alcanzar la orilla río abajo
sin sufrir ninguna desgracia que lamentar,
más que el susto de semejante atrevimiento.

Mientras cruzaba pensaba en tantas cosas que para él tenían sentido, preguntas que se hacía así mismo y el mismo se contestaba,
como él porque el agua del río siempre está en movimiento, y cuando se estanca por alguna razón como lo había mirado en el tiempo de lluvias,
el agua siempre busca la manera de seguir su viaje hacia su encuentro con el inmensurable océano.

Se detenía de vez en cuando para asegurar el siguiente pasó en la pujante corriente del fondo,

que amenazaba desgranando la arena bajo sus pies en cada paso, y cuando al fin lograba cruzar el río,
se despertaba desorientado, lamentándose de que todo había sido solo un sueño.

Fue también en esos sueños donde encontró la tranquilidad, que le ayudaba a mantener la calma en el agobiante encierro.

En esos sueños encontró a Julia Sofia, que en un tiempo fue su prometida, y después esposa aunque por muy poco tiempo.

La encontraba igual como en aquellas tantas veces, cuando solían jugar en las aguas bajas del río.

Correr sobre las pequeñas dunas de arena que forma la corriente del agua, cuando los niveles empiezan a bajar, después de la temporada de lluvias.

Recordaba con nostalgia la vez aquella cuando se ganó el regaño de sus padres por haber puesto en peligro la vida de ambos, cuando queriendo hacer alarde de valentía, convenció a Julia de acompañarle a verle de que era capaz de cruzar el río, osadía que se salió de control cuando en su intento difícilmente pudo llegar hasta la otra orilla debido a su languidez física.

pero le fue difícil cruzar de regreso, y Julia tuvo que regresar sola a casa, pues él tuvo que rodear el monte varios kilómetros río abajo para cruzar por la hamaca,
puente colgante que sirve de paso seguro para comunicar los dos lados del pueblo en tiempos de lluvias.

Esa osada aventura le costó un regaño de su padre que lo obligó a disculparse con los padres de Julia Isabel.

Eso pensaba mientras sacudía la arena de sus pies y se preparaba para continuar con la encomienda.
Después del tanto tiempo que le tomó cruzar el río,
Alcanzó la orilla sorprendido al ver que la familia que caminaba delante de él hubieran cruzado muy rápido,
y ya habían desaparecido por las calles.

En una ocasión Juan Pedro contó que ese pasaje de su vida le venía a la mente en sueños,
como una de las tantas veces que soñó que cruzó muy deprisa, pero se demoró mucho en la otra orilla sacudiendo la arena de los pies y se despertó antes de llegar al pueblo.

Soñaba que caminaba por las calles del pueblo en días de la celebración de la semana grande,
Y cuando pasaba por la plaza, en su mente estaban aún recientes las imágenes de aquellos días de feria.

En la plaza había puestos de venta que hacen su agosto en días de feria, el sonar de la música por las calles adyacentes a la plaza, calles repletas de vendedores ambulantes vociferando las ofertas de sus productos.

El olor a comida por todos lados,
además de los juegos mecánicos que se plantaban más allá de la plaza.
Puestos de casetas de tiro al blanco donde se divertían por las tardes con Julia Sofia.

De la tarde aquella cuando apostó y perdió en un juego de azar que le pareció fácil de lograr, ya que solo consistía en cubrir un círculo pintado en una mesa, con 5 discos pequeños.

Se dejó envolver por las palabras del dependiente que le aseguraba que podía ganar.

si logras tapar el círculo con estos 5 discos,
le decía con entusiasmo aquel hombre que le daba indicaciones como ganar,
sin que se mire una sola marca del círculo así
ganarás un extraordinario y valioso premio.

Se negaba a escuchar la insistencia de julia, que le advertía de los riesgos que conlleva apostar en los juegos de la feria.

ya que estos siempre juegan a ganar, y muy rara vez pierden, y cuando lo hacen, es para darte un pequeño premio.

Pero él se dejó envolver por la emoción y las palabras del animador.

y estuvo a punto de lograrlo,

si no hubiera sido por la trampa que encerraba el juego,

ya que uno de los 5 discos era un poco más pequeño en su diámetro y nunca lograba cubrir el círculo principal.

pero se había dado cuenta demasiado tarde,

argumentó unas palabras con el hombre,

pero al final aceptó haber perdido, y se dijo asimismo, que eso le quedaría como experiencia.

Me contó de la alegría que le producía el soñar que volvía a su pueblo,

como cuando se encontró a un hombre que no recordó en el momento,
pero después supo que era una persona muy amable y servicial en el pueblo,
fue lo que el padre esquivel le contara en alguna de sus cartas, y que en ese sueño se le había presentado sin premonición alguna.

Caminaba sintiendo la emoción de mirar a lo lejos el pueblo,
la cúpula azul de la torre del campanario,
las parvadas de aves que vuelan a baja altura a lo largo del río.

Saludar a la distancia con alegría a los pastores que bajan hasta el río para abrevar los rebaños.
Escuchar los saludos de la gente dando alegre bienvenida y deseando buen viaje a otras que se despiden prometiendo volver pronto,
despedidas de diferentes personas que llegan o salen del pueblo.
Escuchando los buenos días, o buenas tardes según sea el caso.

Cuando de pronto el ahogado ruido de un viejo motor de auto , lo obligó a moverse de prisa hacia la orilla de la carretera pues tenía el hábito de siempre caminar en el medio,
se sorprendió más cuando el viejo vehículo se detuvo a su lado y la voz del hombre que conducía se escuchó dirigiendo unas palabras que al principio no escuchó bien que tuvo que acercarse a la ventanilla para escuchar lo que aquel hombre seguía diciendo sin parar,

¿Cómo le va buen hombre? ,   le dijo saludando.

El, solo hizo un ademán con la cabeza y balbuceó "qué tal."
Contestó sin detenerse por completo, pero aquel hombre le siguió hablando.
¿vas para el pueblo?
Le preguntaba con tal confianza como si le conociera de mucho tiempo.
Sorprendido por el saludo del extraño se detuvo.

Pensó que quizá él, le conociera, y en ese momento no recordara de donde o porque le conocería,
Se acercó un poco a la ventanilla intentando mirar de cerca la cara del hombre que le saludaba,
Se inclinó un poco más fingiendo no haber escuchado bien lo que ese hombre le decía.

Que tal amigo, le contesto y le pidió repetir la pregunta, el hombre volvió a decir
¿vas al pueblo?

Aún estamos lejos pero si gustas te puedo dar un aventón,
Él le miró desconcertado pues por más que intentaba recordar aquella cara, pero no la encontraba en su alborotada memoria,
Le desconcertó tanta amabilidad pero no dijo nada cuando el hombre le pidió que subiera.

Sin decir más aventó en la parte de atrás del auto una pequeña maleta que traía al hombro y subió.

Tuvo que dar dos jalones a la portezuela del viejo vehículo, pues no abrió a la primera, y 2 más para volver a cerrarla,

Francisco! dijo el hombre presentándose cuando ya estaba dentro del carro, al mismo tiempo que le extendía la mano saludando,
Juan Pedro le contestó saludando con un apretón de manos.

¿de dónde vienes ? le preguntó Francisco!
Pero el ruido de un pesado camión que pasaba en el momento le impidió hablar con claridad.
Y contestó con otra pregunta.
¿Eres de por acá? le pregunto Juan Pedro, intentando hallar alguna pista para recordar aquel hombre que le hablaba como si le conociera de tiempo,

si, si , respondió el hombre, de Tejalpa,
le dijo esperando que su nuevo acompañante le dijera también de dónde era, pero Juan Pedro no le dijo de dónde venía.

El se quedo pensativo por unos segundos ,
pues le desconcertó la idea de pensar que ya nadie en el pueblo se acordara de él.

Y le preocupó más el aceptar que él tampoco recordaba a mucha gente.

Las luces de emergencia de un auto patrulla que bloqueaba parte de la carretera hizo que el conductor disminuyera la velocidad.

Un oficial de policía que marcaba señales a la orilla de la carretera llamo su atención,
Cuando les hizo la señal de detenerse.

El agente policial agitaba los brazos, sosteniendo unas bengalas de emergencia delante de ellos en la carretera,
le hacía la señal de bajar la velocidad,
Indicando que se detuviera,
al tiempo que colocaba las antorchas encendidas en la carretera.

EL conductor siguió las indicaciones y detuvo el automóvil al mismo tiempo que el oficial se acercaba a ellos,
Buenas tardes dijo,
Al momento reconoció a Francisco y se dirigió a él con confianza.
¿Qué tal Francisco?

Que tal Rubén, le contestó un tanto forzado el saludo al oficial de policía,

Estaba por preguntar el porqué la detención,
pero el oficial no le dio tiempo,
justo en ese momento se dirigió a otro vehículo que se aproximaba.

Juan Pedro lo reconoció al instante,
aunque ese hombre es miraba más viejo a como él lo recordaba, pelo entrecano y con sobrepeso supo de quién se trataba, y se sorprendió que aquel hombre no le hubiera reconocido pues se mostró amable en el saludo y siguió en su trabajo de prevenir a otros automovilistas que se acercaban al lugar,

Una marcada cicatriz en la cara de aquel hombre lo delataba ante la mirada de Juan Pedro,
pues aunque habían pasado muchos años desde la última vez que se miraron, supo con certeza de quién se trataba.

Juan Pedro se quedó pensativo,
pues muchas veces se había preguntado si cumpliría la promesa que se había hecho aquel día de la triste tragedia,

Había prometido hacer pagar aquel hombre con su vida,
por todo el dolor y tiempo en prisión.

de cobrar su venganza cuando se encontrara de frente con aquel hombre.

Ignoraba las palabras que su compañero le hablaba, sus sentidos estaban puestos en los movimientos de aquel oficial que seguía previniendo el tráfico que se acercaba.

Lo seguía con la mirada a cada movimiento del oficial que daba órdenes a otros oficiales que ya se encontraban en la zona colaborando con el tráfico,
pues en ese lugar unos minutos antes había ocurrido un accidente de seriedad y despejaron un carril para las unidades de emergencias que arribaban al escena.

Al mismo tiempo que desfilaban por su mente imágenes de la terrible tragedia que años atrás se vieron involucrados con aquel oficial cuando ambos vivían en el mismo pueblo.

Aunque intento olvidar día con día los recuerdos de aquel día ingrato de la tragedia,
todo regresó a su mente de pronto,
Y se olvidaba de los consejos del sacerdote de dejar todo en manos de Dios, y no cobrar venganza en propia mano.

Mientras en su pensamiento luchaba por alcanzar la cordura Se revolvía inquieto en el auto como fiera enjaulada a punto de alcanzar la libertad.

En cuestión de segundos analizó la situación y las consecuencias si actuaba en el momento,
En su mente analizaba el plan.
Se miró por un momento arrebatando el arma de aquel oficial acabando con su vida mucho antes que este lo sintiera caer de sorpresa.
y para cuando sus compañeros acudieran en su ayuda ya estaría muerto, aunque con toda seguridad los otros oficiales estarían obligados por el deber,
de abatirlo enseguida, sin darle oportunidad de nada.

Todo lo analizo en cuestión de segundos cuando de pronto otro oficial lo distrajo al momento,
cuando hacía sonar la ocarina dando indicaciones de avanzar y agilizar el paso vehicular.

El viejo automóvil empezó a moverse al tiempo que el crispaba las manos en señal de decepción por dejar pasar la oportunidad.
De pronto llegó a su mente la imagen borrosa de una joven que le sonreía a la distancia.
Y la pudo reconocer a pesar de tanto tiempo.

Pues la imagen de ella en su recuerdo no envejecia, aun era joven y hermosa como la última vez que la miró vestida de amarillo claro,
aquella tarde a la orilla del río cuando hicieron su juramento de amor,
También recordando la promesa que le hizo aquel día de la desgracia.

Había hecho una promesa, que ahora le era muy difícil de cumplir al ver al hombre responsable de su suerte y de los muchos años en prisión.

Mismos en los que no hubo día que pensara en cómo sería su venganza el día que encontrara aquel hombre.

Mientras despejaban un vehículo accidentado le volvieron los recuerdos de aquel trágico día.
y estuvo a punto de faltar a la promesa que le hizo a Julia,

la fatídica tarde cuando se desvaneció en sus brazos aquel día de la tragedia.
de nunca cobrar venganza, en contra de aquel hombre.

Minutos después continuaron el viaje y llegaban a un paraje conocido,
Y la camioneta se detuvo.
Era el punto hasta donde él lo llevaría ya que él continuaría su recorrido en dirección contraria al pueblo.

Pero le aseguro que con suerte, alguien más le daría otro aventón hasta el pueblo.
y en todo caso que no fuera así, tendría que caminar y que en unas cuantas horas llegaría antes del anochecer.

agradeció por todo y se despidió de aquel hombre mientras se hacía de la pequeña maleta y daba un empujón a la puerta, asegurándose que quedara bien cerrada dando una leve palmada al azotar la puerta del vehículo.

camino por la vieja carretera y se sorprendió que todo sucedió como alguna vez ya lo había soñado.

Lo poco que sabía de aquel hombre fue por cartas fue por cartas que en un tiempo recibía en la prisión.

Cartas que le enviaba el padre esquivel contando los pormenores que pasaban en el pueblo.
Fue así también como se enteró, que Rubén era oficial de la carretera federal en la región.

Ruben Alejandro Sanchez,
Oficial desde hacía algunos años, graduado con honores en la academia de policía con ya 45 años y oficial activo.
Primer hijo natural de Don Artemio Sánchez.
Nacido en tejalpa ingresó a la honorable academia de policía cuando cumplía los 22 años,
después de la tragedia que se suscitó en las cercanías del pueblo del cual según los testigos el fue el directo responsable pero quedó absuelto por influencias de su padre,
Y que para calmar los comentarios de la gente en el pueblo, Don Artemio lo mandó a estudiar a la capital para después incorporarse a la academia de policía.

Un acontecimiento fatal en el cual estuvieron envueltas varias personas, teniendo un desenlace fatal y que por influencias de su padre, Don Artemio Sánchez Cruz.
excomandante de la policía local, logró que Rubén resultara libre de todo cargo.

Con el compromiso de someterse de lleno a un programa que probaría ser una persona respetable en el pueblo,
tanto que para demostrarlo se unió a la academia, aun en contra su voluntad.

Don Artemio lo obligó a entrar a la academia.
Para posteriormente graduarse como oficial federal de caminos.
Hombre desleal y tramposo, pues se sabía en el pueblo de sus sospechosas acciones.

De los sobornos a conductores despistados
en mayoría personas de edad que desconocen las leyes de tránsito,

Artemio sanchez cruz
Hombre adinerado estudiado y conocedor de leyes,
padre de Rubén, que en un tiempo fue alcalde y comandante de la policía local.
Cómplice directo en aquella tragedia, pues se encargó de manipular las leyes a su favor para poner a su hijo libre de culpa en aquel crimen, donde perdieron la vida varias personas,
y donde Rubén fue el responsable directo,
Según las declaraciones que años después hicieron los testigos que presenciaron los acontecimientos.

Una tragedia que quedó marcada en la memoria de las personas del pueblo,
Pero que muy pocos quisieron declarar al respecto cuando las investigaciones se llevaron a cabo,
pues temían por su integridad al conocer de las malas acciones de las que Don Artemio Cruz.

El futuro de una pareja quedó truncado de la manera más triste, injusta y cruel en vísperas de la boda religiosa.

Julia Sofía de la Huerta Aguilar.
Fue de las personas mas amables e inteligentes del pueblo.

Hija mayor de Don josé miguel de la huerta y de la señora Leonor Aguilar Rivero,
habitantes muy conocidos del pueblo,
Vivió su niñez en el pueblo hasta que tuvo que mudarse a la ciudad para continuar los estudios de la escuela preparatoria,
Sus sueños desde niña eran de convertirse en una reconocida doctora veterinaria.
Y ese año había logrado realizar su tan anhelado sueño.
planeaba su boda para finales de ese mismo verano,
sin siquiera imaginar, que el destino le jugaría en contra, aquella tarde de junio.

Desde un año antes habían empezado los planes para la boda,
Cuando visitaba a sus padres en las vacaciones de verano,

Desde entonces ya hablaban de una ceremonia.
Planeaban que se haría después de las celebraciones de la semana grande.
El plan era contraer nupcias después de las celebraciones patronales del pueblo.

Julia Sofia había llegado al pueblo a mediados de la primavera, casi a finales del mes de abril para festejar su cumpleaños con su familia y presentar ante todos su logro personal.

Su diploma de graduación de tan anhelada carrera,
Reconocimiento académico por tan importante logro,
lo que tanto había soñado, ser una doctora veterinaria.

Celebrarían su cumpleaños y seguirían con los preparativos de la boda religiosa para finales del verano.

Los festejos de semana santa se llevaron a cabo sin ningún inconveniente.
Y como lo hacía todos los años, Julia Sofia ayudó al grupo parroquial y al comité de organización de las fiestas patronales.

Días en que el pueblo se llena de visitantes de todas partes de la región.
y el comité de voluntarios hace que la iglesia luzca con su mejor color.

Por las tardes paseaba de la mano con Juan Pedro.
Recorrían el pueblo tomados de la mano
disfrutando del colorido ambiente de la feria que se vive en esos días.
Hablando de su vida futura después de lograr el triunfo en sus estudios.

Orgullosos por sus logros conseguidos hacían planes para después de la boda y acordaron cosas personales,

Rubén alejandro sanchez era un conocido de ellos,
aunque no fue de los amigos frecuentes de Juan Pedro,
si fueron compañeros en su niñez,
cuando ambos participaban en el grupo de música de los coros de la iglesia.

Desde entonces siempre hubo cierta rencilla entre los dos por la mistad de julia,
resentimiento que salió a flote el día de la tragedia.

Y se lo hacía saber en las ocasiones que se encontraba con ella de frente, en días que ella visitaba el pueblo en las vacaciones para visitar a sus padres.

Una tarde cuando Julia regresaba a casa, después de haber trabajado en los arreglos de la parroquia para la celebración de la misa del domingo de ramos.
Se lo topó de frente cuando se disponía a llegar a su casa y este la esperaba en la calle que viene de la iglesia.

En esa ocasión Rubén intentó de mala manera abordar a Julia sujetándola fuertemente de un brazo y obligarla a escucharle.
En su intento por liberarse de la presión de aquellas manos, Julia perdió el equilibrio cayendo al piso ante la sorpresa de todos y la burla ruin de aquel hombre.

Al percatarse de aquella acción, Juan Pedro lo encaró de frente enredándose en una pelea que terminó a golpes e insultos y amenazas, y que fue necesaria la ayuda de varias personas para separar aquellos hombres que peleaban sin compasión el uno por el otro.

Fue el padre esquivel quien intervino a tiempo,
y se encargó de hablar después con ellos dos,
lo hizo por separado, después los juntó a ambos en una charla privada en la casa cural,
para apaciguar las cosas y que todo quedará en paz entre los dos.

Y aunque se pensó que ya todo quedaba olvidado,
En la mente de aquellos hombres,
los sentimientos amargos del odio y coraje crecían día con día, en la mente de Rubén sin dar alguna tregua en sus pensamientos.

Quedando así marcado el coraje entre ambos, fingiendo haber olvidado lo sucedido.

Aunque en más de una ocasión cruzaron ciertos insultos y amenazas por parte de los dos e interviniendo terceros para apaciguar la situación, nunca pasó de un enojo de palabras.

Pero también nunca nadie imaginó el trágico final que tendría esa rencilla.

El padre esquivel hacía todo lo posible porque todo quedará olvidado, ya que por un lado Julia era su sobrina.
hija de su prima hermana Leonor Aguilar.

Juan Pedro hijo del respetable señor Gilberto Avelar, con quien desde siempre había tenido una cordial amistad.

Por otro lado Rubén había sido un chico que desde siempre ayudaba en la iglesia y participaba con entusiasmo en el coro de la iglesia.

Pero conforme crecía, se contamina de las palabras despectivas del soez vocabulario de su padre, además de las malas compañías que le fueron cambiando el modo de buen chico, convirtiendo su comportamiento rebelde.

Que se empoderaba bajo el cobijo de su padre,
que le hacía tomar una posición de hombre invencible.

En cierta ocasión y en compañía del padre esquivel,
La señora Marcela Alvarez, madrina de grado de Julia
se presentaron en casa de don Artemio para presentar
algunas quejas acerca de la insolencia del muchacho.

El padre esquivel habló de la falta de respeto que el muchacho manifestaba a Julia Sofia.
Además de otras quejas por varias personas en el pueblo,
En su mayoría personas de edad,
Víctimas de las palabras altisonantes y falta de respeto del muchacho.

Don Artemio engreído en sus palabras, se limitó a decir
que eran cosas de muchachos, cosas de la edad y que el muchacho era libre.

Aquella visita tuvo efectos de algún modo,
Pues el joven Rubén se mostraba más empático con las personas.

Así pasaba el tiempo y no se presentaban incidentes o faltas de respeto por parte de Rubén,
El padre esquivel llegó a pensar que en efecto Don Artemio había hablado con el muchacho y los malos momentos fueron quedando en el olvido.

Juan Pedro hizo una pausa, para tomar una bocanada de aire y un profundo suspiro delató su cansancio,
este verano cumpliría sus 45 años pero su aspecto parecía el de uno de 60, el tiempo en prisión y una lesión que sufriera en una pierna en años pasados le estaban pasando factura con altos intereses pues a esa edad su aspecto de vejez prematura ya era muy notable.

En algunas ocasiones algunos de nosotros bromeaban diciendo que la edad era solo un número, que lo mejor de la vida es aprovechar cada momento y llenar tu existencia con lo mejor de sí.
Siempre hubo buena camaradería entre nuestro grupo de amigos reos del penal.
aunque en un principio no siempre fue así.

Cuando Juan Pedro fue ingresado por primera vez,
varios de nosotros ya teníamos algún tiempo aquí
No fue recibido de buena gana en nuestro grupo de amigos en la prisión.
Pues siempre nos pareció un tipo raro, poco hablaba y no socializaba con nadie a pesar que en más de una ocasión le cubrimos la espalda cuando otro grupo intentó cobrar el pago de piso, una especie de chantaje, para cobrar cierta cantidad para su protección,
como se hace con todos los recién llegados.

Con el tiempo se convirtió en el mejor de todos, fue uno de los más importantes de nuestro grupo,
su alto grado de intelecto nos ayudó en varias situaciones,

pasábamos horas en la biblioteca en los días que se nos permitía leer un poco y traer a la celda algún libro.

Aprendió con avidez el manual de leyes en la correccional, tenía el tacto exacto para hablar con la ley en las manos, Todos lo consideramos no el más importante del grupo pero sí uno de los que más.

Algunos alcanzaron su libertad por el tiempo cumplido.
Y muy pocos lograron la libertad por audacia jurídica.
Pero muchos en su mayoría ancianos, iban desapareciendo poco a poco.

Dicen que los transfieren a otro penal apto para su edad la verdad yo dudo esa parte.
Pero me aferro a creer que es verdad, pues en poco tiempo mi persona alcanzará los 60 años, o los 60 me alcanzaran a mi, como quiera que sea ya me siento como de 80 y presiento que correré la misma suerte,

Cuando fue transferido a este lugar su situación no fue fácil, en aquellos años se aprovechaba la situación de los recién llegados para buscar algún beneficio personal, o para el bien de cualquier grupo de esos que se forman aquí para sobrevivir en montón.

Se les hacía pagar derecho de piso, como se le empezó a decir después,
al acto de chantajear a los recién llegados,
una cantidad en efectivo a cambio de protección en el penal,
O en ayuda monetaria anónima para alguna familia de alguien de nuestro grupo que realmente lo necesitara.

la mayoría de veces siempre fue así.

Manera infame para poder mandar ayuda a nuestras familias.

Pero en la prisión es la manera más usada por todos. y todos los que en un principio se niegan a cooperar pasan por un riguroso castigo físico y después de un tiempo y una estimulación terminan aceptando,
Y en algún momento pasan a formar parte del mismo grupo y adoptar el único método de poder ayudar a nuestras familias desde la prisión.

Una acción que después entendimos,
Como la única manera de poder hacer llegar alguna ayuda económica a nuestras familias.

Chantaje a los nuevos reos se practica desde siempre, con la complicidad anónima de los guardias que también reciben su parte.

Hasta que todos entienden que es una cadena ya muy avanzada difícil de romper,
Pues hay muchos involucrados, desde reos hasta el alto mando de la esfera de la seguridad.

Las altas cuotas se dividen aunque en partes desiguales, y un poco es mejor que nada,
desde la posición baja de ser prisionero.

Aunque muchas veces esto ocasiona peleas entre los reos, pero son inmediatamente disueltas por el consejo que está formado por reos de carácter persuasivo y sentido común

que sin remordimientos solucionan cualquier inconveniente que ponga en riesgo la seguridad de la hermandad,
Resolviendo de raíz cualquier problema que resulte a causa de los pagos por seguridad a los nuevos reos.

Aunque esto resulte mandar a unos cuantos al calabozo de castigo por unos días.
Mismo que todos visitamos alguna vez,
igual que Juan Pedro visitó varias veces,
fue víctima en múltiples ocasiones de esos castigos cuando estuvo involucrado en riñas con reos equivocados.

Cuando él llegó fue tratado igual que todos pero con el tiempo supo ganarse el respeto por su alto conocimiento en ciertas cosas de sentido común,
Su amplio sentido de cordura, ayudó en cierta forma a organizar y mediar entre los grupos divididos en la prisión.

Habiendo pasado por los tratos que se le dan a los recién llegados sufrió varias lesiones físicas y terminó en la enfermería en más de una ocasión.

Siendo la más grave la ocasión aquella que se fracturó una pierna, en una revuelta que se suscitó en un tiempo cuando un grupo importante provocó una pelea de distracción mientras se llevaba a cabo una fuga masiva de más de 20 internos.
Lesión grave que sufrió en la pierna izquierda en un altercado en el comedor, fractura que lo dejó imposibilitado por mucho tiempo, y quedaría de por vida con tan notable discapacidad al caminar.

Desde los primeros días que llegó.

El grupo quiso saber la razón de su llegada,
Sin en cambio no hubo manera de hacerlo hablar pues pasaba el tiempo distraído y decía muy poco cuando se le preguntaban detalles del porque estaba en la prisión.

En un principio no quiso hablar de la tragedia,
decía que si algún día salía de aquí, haría muchas cosas, tantas de las que quiso hacer cuando joven.

De los tantos planes que tenía para después de su boda con Julia.

Soñaba en tener un rancho, con animales y tierras de cultivos.

Aunque después de muchos años ya pensaba diferente pues al mismo tiempo se retraía de lo dicho.

con tristeza y resignación decía que quizá no sería posible pues ya no era tan joven.

Aunque seguía siendo Juan Pedro Avelar García, con el sueño de algún día ser libre con la mirada cansada atormentada por los años soñaba con un día volver al pueblo que mantenía intacto en sus recuerdos.

En ocasiones se paseaba pensativo, de un lado a otro de la celda con un singular balanceo al caminar, por la lesión que sufriera en la pierna, era quien escribía las cartas de resignación a los familiares de los compañeros cuando la última página del libro de su historia se escribe en este mundo.

O de las cartas de esperanza para algunas madres que aún creen que sus hijos están con vida en el penal, ignorando que han pasado a mejor vida, pero su cuerpo desapareció por razones que no se pueden contar.

Era él quien se encargaba de escribir cartas de esperanza para las familias, y hacerles creer lo contrario.

Una tarde después cuando regresamos del patio unos dias despues despues que recibiera buenas noticias respecto a su estancia empezó hacerme preguntas personales,

Preguntó si yo también soñaba con salir algún dia del penal, yo le dije que sí.

Claro que he soñado con ese día.
pero que trataba de no pensar en eso para evitar la angustia.

Como siempre nos aconsejaban los hermanos cristianos que llegaban a finales de cada mes a leer para nosotros pasajes de la biblia. Pláticas de ánimo de fe y esperanza.

Esa tarde platicamos de muchas cosas, muchos planes de tantas cosas que haríamos el día que saliéramos de este lugar.
Es bonito imaginar ese momento, aunque yo, como muchos otros compañeros,
En el fondo sabemos que es muy difícil que ese momento llegue algún día.

Pues el precio de la libertad tiene un alto costo.
se necesita una fortuna y personas con doctorados en leyes.

Y nuestras familias no cuentan con los medios para dicho trámite, solo nos queda el buen comportamiento que no es mucha garantía.

Pero que se toma en cuenta para cuando la revisión de casos, que se hace cada vez que cambian la administración en turno.

Si se tiene buena suerte se pueda revisar el caso y
En ocasiones solo influye en la reducción de tiempo de condena por el buen comportamiento.

Tuvimos buenos días aquí, si es que se le puede decir buenos, pues en el sexenio anterior nos permitieron como parte de nuestra rehabilitación, desempeñar varias labores internas.

Aparte de estudiar como parte de rehabilitación y del buen comportamiento.

En lo personal se me permitió el acceso a la biblioteca lo cual agradezco.

También me fue otorgado el permiso de traer hasta mi celda, un poco de papel y un gastado lápiz.

Fue donde empecé a escribir las primeras líneas de las memorias acerca de los sueños de un prisionero.

Nos dieron la oportunidad de llevar a cabo algunas tareas de rehabilitación, algunos de nosotros optamos por la jardinería, pues con los grandes conocimientos de Juan Pedro logramos buenas cosechas de variados vegetales que se utilizaban en la cocina del penal.

Trabajo del cual se nos remuneraba un pequeño porcentaje a nosotros, que es canjeable por algunos productos de aseo personal.

Guiados por los conocimientos de juan Pedro en la materia, Conseguimos algunos beneficios por nuestro trabajo en las hortalizas, pues fue graduado como ingeniero agrónomo y usar sus conocimientos a nuestro favor fue de mucha ayuda para conseguir algunos productos extras que a su vez se intercambian por otros de difícil acceso.

Sus grandes conocimientos de agronomía y buen comportamiento, le hicieron acreedor a que su caso fuera revisado, y por decisión mayoritaria los jueces del penal decidieron que en el verano siguiente le sería otorgaba su libertad, en su cumpleaños 47

Desde aquella mañana que recibió la noticia,
fue necesario ingresar a enfermería,
pues se le empezó agudizar la ansiedad que esto provocaba ,
Emocionalmente paso por una etapa de ansiedad por muchas cosas.
dijo que en realidad si deseaba ese momento, pero que solo lo deseaba.

Pero que nunca imaginó que en verdad un dia pasaria,
y hoy, eso le causaba cierta incertidumbre y no la quería.

Pues se había acostumbrado a vivir aquí, así, y solo quería soñar en que ese día llegaría.

Además que en sus sueños era la manera de ver a ella,

Aunque hace mucho tiempo deseaba la libertad, hoy solo quería soñar con ese día, pero no lo quería.

Además decía no saber lo que iba a ser de su vida llegado el momento pues no tenía los medios para volver a empezar ni tampoco persona alguna que espera su regreso.
Desde entonces dormía menos, pensaba más, se hizo menos participativo en las actividades cotidianas.

Muchas veces se le miró hablando a solas.
Se le sorprendía hablando a solas en la celda a una vieja fotografía que guardaba de julia,
una de las tantas que hacía muchos años le trajera desde su pueblo un cansado hombre que se presentó como el padre esquivel.

Que siempre nos daba animadas charlas en grupo las veces que nos visitaba.

Hasta que un día de pronto dejó de venir,
asumimos que seguramente sería por la edad que dejó de visitar el penal.

El padre de esquivel que muchas veces le visitó en prisión, era quien le traía noticias del pueblo.
Noticias y acontecimientos recientes que pasaban en su pueblo.

En un principio venía acompañado de un hombre joven hermano de Juan Pedro,
y cuando el cura dejó de venir.
El hermano lo visitó algunas veces más, pero también un día dejó de llegar.

Años después se supo por otro reo que llegaba al penal, que su hermano había sido declarado desaparecido en la frontera norte del país.

Aquella noticia agudizó sus males, seguido se le miraba desanimado y cabizbajo.
En el comedor se le sorprendía hablando solo.
como si compartiera la mesa con alguien a quien hablaba sin claridad.
En varias ocasiones fue necesario traerlo de regreso a su celda desde el patio, porque se había quedado dormido al sol, y al despertar hablaba desorientado.

Una de esas tardes sin esperar la pregunta dirigida a mi,
Me pregunto muy tranquilo que si acaso yo también soñaba con salir de este lugar, o si pensaba cosas de mi pasado.

Aunque en un principio yo tampoco hablaba mucho de mi experiencia, del porqué llegué a este lugar,
y aunque siempre había aparentado una postura fuerte ante todos,
Pues es muy importante ser fuerte en estas circunstancias, no desfallecer y asimilar la realidad de una vida de prisionero lejos de tu familia, de las personas que quieres.

Siempre demostrando ser fuerte en apariencia ,

aunque la realidad es que siempre se sueña con la posibilidad de alguna vez poder salir de aquí.

Al principio quieres creer que esto es un sueño y nadamas, una pesadilla de la cual al amanecer se habrá ido.
Un mal recuerdo, un mal pensamiento, que nada es real.

Pero conforme pasan los días te vas dando cuenta que no es así, no es un sueño, no es una pesadilla, que es algo peor que eso, es la cruel cara de tu realidad y está pasando frente a ti en ese momento.

Empiezan a llegar a la mente oleadas de arrepentimiento,
Por fin asimilas lo que sucedió y empiezas a detallar la explicación a tu conciencia de lo sucedido.
Que hiciste mal, que hiciste bien, que pudiste haber hecho para no llegar hasta donde estás ahora.

Y empieza una larga agonía de arrepentimiento,
En mi caso deje a mis hijos solos, pues mi esposa se hizo luz, y flota en el universo libre del dolor y las penas terrenales.

Yo, pagando la deuda a la sociedad,
En medio de un inmenso mar de dudas, rogando al cielo porque esto sea un sueño,
esperando con ancia el amanecer para despertar de esta pesadilla.

Rogando al creador porque este sufrir acabe pronto, rezando por otra oportunidad de volver a empezar.

Si tan solo se pudiera regresar el tiempo hasta ese momento de la equivocación.
Si tan solo el mago del tiempo me pudiera volver al pasado, se pudiera regresar el tiempo, si tan solo pudiera regresar al momento aquel, y prevenir a mi otro yo de cometer esta locura.

Hay veces que aun guardo la esperanza que esto sea solo un sueño.

Un sueño tan profundo del que aún no he podido despertar, pero el frío en este sueño quema en el alma y lo hace sentir tan real.

Un insomnio que se siente muy real.

Claro que he soñado en el día que pueda salir de aquí.
He soñado tantas cosas,
algunas muy hermosas porque quisiera abrazar a mis hijos.

Hace algunos años recibí la noticia que murió mi padre,
Nunca lo volví a ver desde el primer dia de mi encierro,
Pues nunca pudo venir a visitarme,
la distancia es mucha y los gastos de transporte más,
Además su avanzada edad le impedía moverse con seguridad.

Solo guardo su imagen en mi memoria de la última vez que lo mire a los ojos, que aguantando las lágrimas me dijo cuando me abrazó al despedirse,
que ninguna prisión es eterna y que no se cuándo, pero un día me darán mi libertad.

Y se conformó con la idea que fuera mi madre aún fuerte en su andar, quien me visitara en lugar de los dos.
Pues los gastos se reducen a la mitad.
Y eso se lo agradezco, aunque me hubiera gustado decirle en persona, Cuánta razón tenía en sus consejos.
Hoy lo entiendo todo, aunque ya no importa, pues ya es muy tarde.

Mi madre me visitaba de vez en cuando,
Lo siguió haciendo por varios años, más de 20 años me visitó 2 veces por mes, sin faltar ninguna fecha de visita.

En cada despedida se le desgarraba el corazón,
lo pude notar en cada visita,
que el tiempo no perdona a nadie y poco a poco fue perdiendo el brillo en su mirada.

Hasta el dia que que se le cansaron sus pasos y solo me llego una carta donde me daban la noticia que murió en paz, recostada en su cama,
y sus últimas palabras fueron de rezos por mi.

Ya pasaron varios años desde ese dia,

Ahora sueño en el día.

El dia de mi libertad, de poder volver a mi pueblo igual que Juan Pedro sueña con volver a tejalpa,
Igual que él también he pensado mucho en ello.
Poder reunir a mis hijos en familia y ahora que son adultos,
poder explicar la consecuencia de mis actos.

Ojalá puedan perdonar mi herrada acción.
de limpiar mi honor con la sangre de aquel hombre
que mancillo la honra de mi esposa...

Juan Pedro me escuchaba en silencio,
se puso de pie apoyándose en la reja con la mirada hacia mí con los ojos aguados de melancolía.

Fuimos condenados desde antes de nacer me dijo,
Pues tu hiciste lo que yo he querido hacer desde hace mucho,
Y aun pienso que lo haré cuando me den la libertad.

Aunque ya sabemos que seguirá después, el regreso a este lugar de nueva cuenta.

Se sentaba y se ponía de pie enseguida, las molestias que le provocaba la lesión en la pierna no le permitía pasar mucho tiempo de pie.

Lamentaba nuestra suerte.
Mientras se recostaba en la litera se repetía así mismo,
no hay duda que nacimos condenados, condenados y con mala suerte.

adoptamos el hábito de hablar de los sueños.

De las tantas cosas que se pueden hacer estando en libertad, de la felicidad de tirarse de espaldas a la luz del sol en las cálidas tardes de primavera.

Disfrutar del agua del río en el caluroso mes de junio,
disfrutar en familia alrededor de una fogata en el frío invierno.
De correr descalzo sobre la arena a la orilla del río sin razón alguna , a lo loco, por puro gusto.

Poder abrazar todos los días a las personas que amas y repetir a diario cuánto les quieres.

Me contó tantas cosas de su pueblo.
De la esperanza de un dia volver allí,
caminar por sus calles como lo hizo en su niñez, y que ahora lo seguía haciendo solo en sueños.
Como lo hacía en las noches que soñaba que regresaba hasta el pueblo y cruzaba el río.

Me contó que por las noches siempre soñaba con su pueblo y su gente.

Describió detalladamente cómo es su pueblo,
la bondad de la mayoría de las personas,
aunque siempre hay uno que otro, que hace quedar mal a los elogios y a mi gente, decía sonriendo.

Es un pequeño poblado a las orillas de un río,
con casas de adobe y tejado rojo.

Espigados árboles de sauce que crecen a la orilla del río,
Siempre adornado de grandes parvadas de aves,
que tarde a tarde revolotean por la torre del campanario y alegran con sus sonoros trinos todo el caserío.

Alegrando el paisaje cuando vuelan a baja altura por la rivera del rio.
Lo hermosa que se ve la iglesia con su enorme cúpula que destella una luz azul brillante con el reflejo de los rayos del sol.

Las altas torres del campanario que se divisan desde lejos desde que vas llegando al pueblo,
como una señal avisando tu llegada.
Pues desde que vas llegando al pueblo,
Lo primero que se mira es la cúpula y la torre del campanario de la parroquia.
Que se miran desde lejos y te hace sentir que has llegado aun en la distancia.

De vez en cuando hablaba en presente muy emocionado,
del colorido multicolor de sus montañas cuando llega la primavera.
del bullicio alegre de la gente que llega de muchos lugares en los días de semana santa.

Pues en su pueblo celebran con una gran fiesta la aparición del nazareno,
Celebran la feria del 5to viernes con una gran procesión recreando la crucifixión en el calvario.

Me contó con detalle que en algún tiempo,
se solía caminar de espaldas cuando salía el cortejo de la procesión.
Para mostrar sus respetos, y para no darle la espalda al santísimo.

Caminan con la imagen de Jesús de Nazaret seguido por la multitud de fieles por las calles del pueblo.
Culminando en una gran celebración de sábado de gloria.

Desde el tiempo que empezó a hablar con más frecuencia acerca de su pueblo se podía notar algo diferente en el,
No era difícil asumir que no estaba bien,
solo hablaba de ella, de la forma en que la miraba en sus sueños.

De la emoción que sentía al pensar que algún día regresaría a su pueblo, daba detalles precisos de qué hacer cuando saliera de aquí y quisiera visitar su pueblo.
Pude notar que poco a poco se alejaba de la realidad en las muchas veces que coincidimos en hablar del futuro,
en una hipotética salida de este lugar,
nos hizo prometer que lo haríamos.

Todos habíamos prometido que una de las cosas por hacer el dia que alcanzaramos la libertad,
sería visitar el pueblo de tejalpa, su pueblo,
agradecer al señor de tejalpa la dicha de estar en su santuario.

Esa tarde me hizo prometer que iría a conocer su pueblo.
Que él estaría esperando por todos y cada uno de nosotros.
El día que nos llegará la libertad.

Me explico a detalle cómo cruzar el río,
pues para llegar hasta el pueblo, es preciso cruzar el río.
Y se emocionaba tanto contando detalles que a veces olvidaba que ya había dado las mismas explicaciones, y las seguía repitiendo a cada momento cuando te miraba de frente.

Olvidaba que quizá el pueblo ya no era el mismo que fue 20 años atrás,
Quizá era diferente, con gente diferente que va y viene del pueblo, que los que eran niños hace 20 años, hoy son los adultos del pueblo.
Quizá no queden muchos de los que un dia le conocieron,
Quizá el municipio habría construido un puente y quizá no era necesario cruzar el agua.
Pero él se negaba a aceptar eso, insistía que habríamos de cruzar el río y experimentar la adrenalina del momento.

En la entrada del pueblo corre el río y serpentea alrededor del mismo formando una península en su derredor.
En tiempos de lluvias hay creciente, y las corrientes suelen ser impredecibles.
Para cruzar es mejor usar la hamaca, un puente colgante que está río abajo, y que es una atracción el sábado de gloria para todos los visitantes y que es usado por todos los que no gustan de cruzar el río.
Aunque la mayor parte del año las aguas están a bajo nivel y la corriente no representa ningún peligro.

Este es mi pueblo decía emocionado. Santa Cruz Tejalpa.

Contó que esa noche había soñado que regresaba al pueblo. Igual como tantas otras noches ya había soñado que regresaba.

Que dio vuelta en la última curva donde la carretera corre a lo largo del río, o el río corre a lo largo de la carretera, donde se alcanza a divisar la iglesia y el brillante color azulado de la cúpula de la torre del campanario.

Algo le hizo estremecer el alma, dio un hondo respiro al tiempo que subía el pequeño escalón, que divide el borde de la carretera de la barda de contención del río y subió.

Se recargó sobre una roca grande y se quedó unos segundos mirando sin decir nada.

Muchas cosas pasaron por su pensamiento,
sentía una gran alegría de por fin estar en tan entrañable lugar,
después de unos segundos dio un suspiro y bajó de la barda de contención y no pudo evitar que se le aguaran los ojos.

Tanto tiempo había esperado ese momento, de algún día poder volver a estar en ese suelo de su pueblo donde hacía más de 20 años era muy feliz.

y hoy como un capricho cruel del destino, dudo por un segundo en continuar o simplemente regresar y olvidarse del pueblo para siempre.

Se detuvo a la orilla del río,
busco con la mirada la piedra aquella que de niño le servía para sacudir la arena de sus pies después de cruzar acompañado de su padre.
un escalofrío cargado de emociones recorrió su pensamiento al darse cuenta que todo estaba igual.

Igual que muchos años antes,
parecía como si el tiempo se hubiera detenido a esperar por él y reanudar su marcha con su regreso.
Recordó que si no quería mojarse la ropa al cruzar el río,
tendría que quitarse el pantalón ya que enrollarlo a las rodillas no sería suficiente.

No quise decirle que ya me había contado esa parte y que la repetía siempre de la misma forma pero no dije nada,

Volvió a repetir que todos aquellos que no quieren cruzar el agua, tiene que caminar vereda abajo para cruzar por la " hamaca".
y cuando estaba por cruzar el río sin importar mojarse la ropa, súbitamente se despertó.

lamentando su suerte que solo había sido un sueño más de los de siempre de querer volver, dejando su mente hundida en recuerdos.

En una ocasión dijo haber tenido un sueño que lo dejó muy pensativo,

Se había soñado caminando por el pueblo con julia, caminaban tomados de la mano pero sin hablar, como si todo lo que quisieran decir lo hacían con el pensamiento, que uno al otro se entendían con la mirada, y esta vez caminaron por mucho tiempo juntos, en parte por lugares ya conocidos pero en parte por unos lugares que él nunca había conocido antes, Un lugar extraño a sus ojos pero tranquilizador para el alma no sentía frío ni calor solo una sensación de tranquilidad y una paz interna difícil de explicar, de pronto no sentía los pasos como si flotaran en en el espacio mirándose a los ojos sin importar nada, su mente luchaba por reaccionar a el sentido común, pero simplemente no había cabida en su pensamiento para nada que no fuera paz y tranquilidad.

Solo se dejaba envolver por la mirada de ella y su risa suave que escucha en ese viaje infinito sin llegar a ningún lado,

Hasta el momento que su inconsciente reaccionó y se asustó de su propio sueño,

Y lo hizo volver en su conciencia y se detuvo por un instante al tiempo que todo se desvaneció en la nada, y se encontró en sus recuerdos extraviados en los recuerdos de Julia Sofia.

Y se encontró envuelto en su nostalgia en una celda de 2 por 2 tratando de encontrar una respuesta para ese sueño donde ella lo guiaba por un mundo diferente lleno de paz.

Siempre hablo de julia en tiempo presente,
del cómo se conocieron cuando eran niños de 12 años,
y de cuando se juraron amor una mañana de julio, en las vacaciones de verano.

Reafirmaron su amor años después con otro juramento que hicieron al orilla del río una tarde de abril,

El dia del juramento salieron a caballo muy temprano para dar un paseo, cabalgaron por la orilla del río varios kilómetros río arriba

La promesa fue que siempre serian el uno para el otro
aunque hubieran escogido estudios diferentes.
ella se decidió por la ciencia que estudia a los animales,
soñaba con mirar su nombre en un gran aviso de luces led anunciando una clínica veterinaria en alguna ciudad.

Su nombre engargolado en un marco elegante ,
donde afirmara que en efecto,
había cumplido con los estudios y ahora era ya una doctora.

Doctora, Julia Sofía De La Huerta Aguilar.

Esa profesión le había empezado a gustar desde niña,
cuando miraba a su padre herrando becerros y atendiendo la finca donde trabajaba.
Se enfocó en sus estudios hasta lograr su meta.

En un principio fueron novios secretos,
pero era obvio que todos tenían la idea de que algún día formarían una bonita pareja.

Y aquel verano se habían comprometido en secreto,
lo hicieron una tarde que cabalgaron río arriba,
después cruzaban el río a pie,
pues les gustaba chapotear por la orilla del río, correr en la fina arena que poco a poco desgrana la baja corriente de las aguas.

A Julia Sofia le gustaba marcar sus huellas, tras las de él en la arena, como símbolo de que le seguiría hasta el fin.

aficionada a la fotografía como pasatiempo tomaban fotografías de los dos con el río y sus paisajes de fondo.

Juan Pedro mandó a enmarcar algunas de ellas y las preparo en bonito arreglo que le hizo llegar el día de su cumpleanos.

Aquella tarde caminaron por largo rato río arriba, por las arenas a la orilla del río.
Siempre les pareció divertido correr en la suave arena y pasar el tiempo juntos.
después de haber juntado algunas piedras de colores.
talladas por el arrastre de la corriente de las aguas,
Se sentaban a enjuagar los cristales mientras ella musitaba canciones de amor.

El día se tornaba cómplice de aquel idilio de amor que les deleitaba con el canto de las aves revoloteando a la orilla del río, el ambiente se llenaba de coloridos cantos de las aves que vuelan a baja altura por la rivera del rio.

Y cuando el rojizo brillo del sol en el atardecer iluminaba de dorado las tranquilas aguas del río,
El se postró con una rodilla en la arena y le tomó la diestra.
y al mirarse en el reflejo de aquellos hermosos ojos café claro y sentir el amor en todo su esplendor en aquella mirada
Pronunció las palabras con la promesa de hacerla su esposa ante los ojos de Dios.

Ella entendió que las palabras cuando vienen del corazón todo en alrededor se hace cómplice del momento y con emoción se arrodilló con él, haciendo la promesa de amor sellando aquellas palabras con un tierno beso que quedariá tatuado en sus almas para siempre.

Los últimos rayos del sol se apagaban en un dilatado tintineo del tiempo para dar paso a una entrega de amor.

El rojizo atardecer se escurría entre las montañas y el sol se apresuró a esconderse a lo lejos.

El último destello de una intermitente luz rojiza miró discretamente destilar tanto amor en aquella pareja, cuando se desvanecía en el horizonte.

Dando paso al tenue brillo de una luna plateada que resplandecía a lo lejos en su etapa llena, que poco a poco iluminó de un brillo resplandeciente bañando las aguas de su blanca luz.

Que apareció al mismo tiempo que la vida diurna también se esfumaba entre las sombras,
dando paso al sonoro canto de la vida nocturna.

Algunos peces que chapoteaban en el agua rompieron el silencio, seguido por el canto de la vida nocturna que esa noche entonaron melodías de amor para deleite de los enamorados.

La luna llena brillaba en todo su esplendor correspondiendo a los destellos de amor, que el sol le envía desde la lejanía.

Una noche estrellada y una coqueta luna adornaron con un resplandeciente brillo aquella noche de amor entre dos almas terrenales en su más inocente y pura entrega de amor.

Discretamente la luna se ocultaba de vez en cuando trás unas nubes pasajeras para privacidad de dos que ofrendaban su amor al mágico universo.

Pero asomaba de vez en cuando para ser testigo de aquella entrega de amor entre dos enamorados.

Las estrellas intentaron ocultarse también pero su brillo las delataba ante los ojos de ella que las observaba complacida,

Y su brillo se clonaba mágicamente en un brillo de amor en los ojos de una mujer enamorada que miraba el firmamento emocionada tendida en la arena con los ojos cansados y lluviosos por el derroche de amor.

Sus ojos embriagados de amor se abrían y cerraban de vez en cuando y observaba con embeleso el firmamento que parecía girar en torno a ellos.

Agradeció en su corazón a la luna y las estrellas,
por adornar con su luz ese momento y ser testigo de su entrega de amor.

Sintió alcanzar a todas ellas con solo estirar los brazos
Tuvo la intención de tocar a todas ellas con las manos.

Pero se conformó con dejar que todas ellas girarán en su derredor adornando aquella noche mágica,

Agradeció a Dios por unir su destino al de el hombre que en sus sueños le busco.

Las estrellas le parecieron moverse y jugar con la luna, al ritmo del compás del movimiento de sus cuerpos cuando un suspiro que le estremeció de pies a cabeza, le hizo entrecerrar los ojos y sintió que flotaba entre las estrellas siendo ella la más bella entre todas ellas.

Aferrada a la espalda de aquel hombre náufrago en un mar de amor,

Cual náufrago a la deriva que se aferra a la balsa en un último esfuerzo para alcanzar tierra firme se aferró a la espalda del hombre que le salvó de su agonía de amor.

Y con un suspiro ahogó los gritos de placer cuando alcanzó la gloria en brazos del hombre que la rescató de su naufragio.

Un hombre que la miraba tiernamente y jugaba con su pelo.

Él le susurró unas palabras de amor al oído y agradeció al cielo por existir.

Le acarició el rostro y le apartó un mechón de cabellos que le cubría parte de la cara y le besó tiernamente los labios.

Y se quedaron largo rato recostados en la arena, observando la noche estrellada.

Los cuerpos celestes en el firmamento también les observaban en silencio.

La despejada noche daba la sensación de poder tocar las estrellas, y rodearse de ellas en un vaivén de amor.

La luna parecía sonreír y las estrellas jugaban entre sí, mientras titilaban de amor.

Las estrellas de la constelación mayor,
se movieron complacidas para deleite de ella
formando los nombres de los dos en el firmamento.

No supieron cuanto tiempo estubieron ahi,
pues cuando la luna se ocultó discreta tras una nube que
viajaba de prisa, pareció detenerse de pronto al pasar la nube
Discretamente los observaba como anunciando el tiempo,

Discretamente, parecia admirar el amor terrenal,
Cuando ellos se entregaron nuevamente al amor.
quedando sellado el lazo de amor en esa noche con la luna y
las estrellas por testigos.

Pasaron mucho tiempo abrazados,
deseando que el momento fuera eterno.

Hasta que el murmullo del agua golpeando entre las rocas, se confundio con el canto de los grillos y algunas almas nocturnas de la vida silvestre, que poco a poco los volvía a la realidad.

El resoplar de los caballos que habían dejado a la distancia,
los hizo volver de su embeleso.
Ella dormía complacida en sus brazos,
él, le descubrió el rostro de los alborotados cabellos que le cubrían y le beso los labios tiernamente.
ella entreabrió los ojos y le sonrió dulcemente.

Hola mi amor, dijo él suavemente.
ella se ruborizo un poco y su cuerpo se estremeció,
al tiempo que se acurrucaba en su pecho nuevamente.
Murmurando algunas palabras de amor.

Después de un rato él se puso lentamente de pie,
mientras le cubría el cuerpo suavemente con el vestido.

Ella se levantó y se quedaron de pie mirándose a los ojos fijamente.
no decían palabras, pero sus miradas hablaron miles de ellas,
de esas de amor que se dicen sin hablar.

y se dieron un largo beso y se vistieron sin prisa y caminaron en la arena sobre sus huellas.

Desde aquella vez quedaron unidos para siempre ante los ojos de Dios,
Porque cuando el amor es puro y real,
No hay fuerza que lo pueda acabar.
Destruir es fácil, la destrucción y el odio son fáciles,
Y por eso no perduran,
Pero lo que el amor entreteje jamás se puede desatar,
El universo mismo y todas las cosas en él, se doblegan ante este poder.
Porque no hay mayor fuerza que la fuerza del amor.

Juan Pedro amó a aquella mujer bonita,
de hermosos ojos café claro y de cabello rizado de mirada de luna en el cuarto menguante.

Aun después de la tragedia vivió amándola como el primer día.
En sus noches de insomnio hablaba con ella,
cuando poco dormía en las noches que siguieron después que le dieron la noticia de su libertad el próximo verano.

Soñaba con ella noche tras noche,
Soñaba también con volver a su pueblo.

En sus últimos días sus sueños más frecuentes eran de ella, y la ilusión de volver a su pueblo.

Y el sueño aquel que le asustaba tanto, donde se miraba llegar a su pueblo pero nunca pudo cruzar el río, le causó siempre una congoja de escepticismo, pues había leído en un libro de significados de sueños, que aseguraba ser un sueño de esos que nunca se cumplen, y esa idea se le había metido en el pensamiento y aunque según él, nos contaba repetidamente los mismos sueños era porque también ese libro decía que el contar los sueños no deseados repetidamente, estos quedan sin fuerza para cumplirse.

Algunos pensaron que era un mal presagio, y en cierta forma fue cierto.

En algunas ocasiones soñó que llegaba al pueblo, pero siempre se despertaba justo cuando divisaba la cúpula de la iglesia y el sentía que estaba muy cerca.

Más de una vez me contó, que tal vez su inconsciente, le estaba preparando para esa realidad, porque quizá nunca más volvería a ver y a estar en el lugar que lo vio nacer.

De alguna forma eso era verdad, y el ya lo presentía, Su tragedia aquí en el penal era desconocida, hasta el día en que se decidió a contar los pormenores del acontecimiento.

Fue en aquellos días cuando las personas que cobraban derecho de piso a los nuevos reos fueron trasladados a distintos penales,
disque por orden de la nueva administración,
aunque hubo rumores que se los llevaron a donde tenían mejores privilegios.

Desde entonces la hermandad de reos, como después le llamamos a los reos de aquí,
se reorganizó diferente y se empezó conocer la tragedia del caso de Juan Pedro, y del porqué de su tardía sentencia,
que basándonos en los pocos estudios que tenemos aquí sobre las leyes, llegamos a la conclusión que estaba equivocada,
dictada de una forma prematura,
sin un juicio justo pero que al final comprendimos los alcances de la corrupción de las leyes por algunos dirigentes que hacen creer que respetan las mismas,
y que en último momento se dejan sobornar,
tal vez por paga o quizá por miedo a represalias.

El caso de Juan Pedro fue uno de esos tantos, lleno de corrupción y sobornos.

Pues con el tiempo supimos del caso más a fondo desde su confesión sincera, que él mismo contó y confirmada por el padre Esquivel, párroco de su localidad.

Julia Sofia fue en un tiempo su prometida, tiempos felices vivieron en aquellos años.

Así empezaba siempre su confesión,

Fueron solo un par de ocasiones que tuvo el valor de contar lo que sucedió aquel trágico día, cuando sucedió la desgracia.

Fue antes de que entrara de lleno el verano, cerca de la fecha de semana santa.
Ese año se habían graduado de sus respectivas carreras y habían celebrado con gran regocijo entre sus familiares,
Ese año todo marchaba bien, la graduación de ambos en sus respectivas carreras había sido un logro soñado,
Ese mismo año habían planeado la boda religiosa, después de las celebraciones de semana santa,
Pues ese había sido el plan de casarse después de su graduación, unirian sus vidas en sagrado matrimonio.
Hubo una gran celebración, por tan digno galardón alcanzado en sus profesiones y todo era felicidad pero nadie imaginaba la tragedia.

Aquel día todo parecía normal, pues ya estaban adelantados los preparativos y planes del evento.
Aquel día trágico, salieron muy de mañana rumbo a la ciudad para hacer los últimos ajustes al ajuar de la feliz novia, de paso acudieron en persona a confirmar ciertas invitaciones de algunas amistades de Julia Sofia en la ciudad, compañeras del instituto.

Julia Sofia iba acompañada de su madre y madrina, además de su futura suegra y dos personas más,
que eran la madre de Juan Pedro así también como su madrina de grado y la modista del pueblo Carmen de la Mora una mujer joven experta en el diseño de vestidos de novia, habían salido a la ciudad para hacer los últimos retoques al ajuar de la novia.

Se transportaban en el auto del padre Esquivel, cura de la iglesia y tío de Julia Sofia en tercer grado

El auto era conducido por un hombre joven de nombre Fidencio, que ayudaba en el itinerario del padre Esquivel.

Mientras se llevaba a cabo esa diligencia en la ciudad, se supo por varias personas del pueblo y confirmado por don Rufino Gutiérrez, propietario del local donde desde un dia antes, Ruben y dos amigos habían llegado a comprar bebidas embriagantes,

Mismas que no fueron negadas pues ya contaban con la mayoría de edad,

el encargado no les negó las bebidas, pero nunca imaginó lo que sucedería después.

El día de la tragedia habían estado desde muy temprana la mañana tomando alcohol en dicho establecimiento.

Mientras en la ciudad la feliz novia y sus acompañantes, hacían sus últimas opiniones sobre los ajustes del vestido, y daban más ideas para dicho evento.

Sería un acontecimiento con celebración doble, pues hacía apenas dos meses se habían graduado de la universidad y en unos cuantos días se llevaría a cabo la ceremonia de boda religiosa con el hombre que amo desde niña.

Se hablaba de la gran lista de invitados,

Muchos invitados del colegio

y personas allegadas a las dos familias.

Susana y María del Rosario, las cómplices y mejor amigas de Julia Sofia, hacían planes hasta altas horas de la noche. Cuidando detalles y pormenores que pudieran estar pasando por alto, pues se habían propuesto hacer de esa ocasión, la más recordada en mucho tiempo.

Doña Cecilia Garcia madre de Juan Pedro y su madrina de bautizo doña Lucia Flores
junto con la señora Carmen De la Mora modista del pueblo experta en confección y diseño y amiga de las dos familias.
llevaban ya varios meses en la confección del vestido,
con las opiniones importantes de la novia y su madre doña Leonor Aguilar y doña Marcela Alvarez madrina de Julia.
que a veces tenían que llevarlo a la ciudad,
para que la novia pudiera probarlo y ajustar detalles,
se discutía lo largo de la cola del vestido,
y a veces bromeaban diciendo a julia, tenía que comer más, pues el vestido ya era demasiado pesado, y quizá fuera eso mucho peso para tan esbelta muchacha.

Juan Pedro por su parte también había logrado un importante logro en su vida, se había graduado de ingeniero agrónomo, que era orgullo para la familia ,
Su padre le comentó en más de una ocasión del gran orgullo que sentía de tener un hijo ingeniero.

Habían quedado atrás los días de rebeldía de Juan Pedro, como cuando en una ocasión estuvo a punto de abandonar sus estudios y llevarse a Julia Sofia a vivir lejos.

Pero su padre lo supo aconsejar a tiempo, algo de lo que ahora le estaba agradecido.

Eso lo había unido más a su padre y su relación con Julia se hizo más sólida y estable con la aprobación de las dos familias.

Los consuegros discutían sobre el evento de presentación, habían llegado a un acuerdo, de dejar a un lado las tradiciones y hacer una celebración que complaciera a ambas, familias.

Don Gilberto, padre de Juan Pedro, gustaba de musica de acordeon y banda de viento,
La familia de Julia era en cambio más alegre y disfrutaban de la música de baile y sones bailables de su tierra natal Veracruz.

Para no entrar en debate acordaron tener los dos estilos de música que alternarán el día del evento.

Todo indicaba que el próximo verano el segundo domingo del mes de julio se llevaría a cabo la celebración de una boda religiosa.

Mientras la novia y sus acompañantes,
paseaban en la ciudad ultimando detalles del ajuar de la novia.

Juan Pedro y algunos amigos junto con su padre y futuro suegro , andaban del otro lado del pueblo,
pues los animales que eran para el sacrificio el día de la celebración llegaban de diferentes lugares, y ellos se encargaban personalmente de ponerlos en corrales y prepararlos para el día del evento.

Por la tarde un poco después del mediodía montaron a caballo, y emprendieron un recorrido a caballo por pedido del futuro suegro, que pidió le acompañarán a una pequeña cabalgata pues para él era importante platicar con Juan Pedro y su padre.

Cosas que ya se saben, les dijo don josé, pero igual me gustaria platicar con ustedes,
usted me entiende compadre le dijo alegremente,
a lo que padre e hijo aceptaron acompañarlo.

A trote lento se dirigieron al río, por la parte de arriba donde siempre era placentero platicar a la sombra parcial de los peñascos y la sombra de los cipreses,
parte por el camino y parte por la carretera.

Ya pasaba el mediodía de aquel trágico día, cuando desmontaron y siguieron a pie hasta las espesas sombras a la orilla del río.

Hablaban de muchas cosas,
del temporal y las escasas lluvias de ese año,
de que aunque nadie lo notara el cauce de las aguas del río, había bajado más a comparación del año pasado dijo don miguel.

Por supuesto hablaron de la boda, a lo que con un tono serio don Gilberto dijo a Juan Pedro ponga atención mijo,
porque por este momento, todos los que somos padres de hijas, algún día estaremos en lugar de tu suegro.

Entre risas alegres el muchacho obedeció complacido mientras tomaban un lugar en las sombras de aquel sauce.

Preguntó si quería que los dejara solos, a lo que el suegro dijo que les había invitado a los dos y que también él como padre lo secundara en su pedido.
claro que si compadre contestó don Gilberto,

Ataron los caballos y caminaron un buen trecho por la rivera del río, donde el padre de la novia le hacía un pedimento de hombre, con palabra de honor, le dijo.

Pedía por la felicidad de su hija,
que como hombre diera su palabra de siempre respetarla y tratarla como hasta ahora lo había hecho.

Se que lo harás en el altar de la iglesia el dia de la boda,
pero yo te quiero escuchar decir que es la mujer que escogiste para ser tu compañera para toda la vida.

El aclaro un poco la garganta y un poco nervioso, tomó un tono serio de respeto, y le dijo bajo juramento de honor poniendo a su padre por testigo,
que julia es la mujer escogida por su corazón,
y antes que ella derrame una lágrima de angustia por mi culpa que el cielo y la vida me condenen, y aquí con mi padre por testigo, le doy mi palabra de honor, como usted dice,
que con la ayuda de Dios y el apoyo de nuestras familias, saldremos con la victoria en cualquier diferencia que lleguemos a tener en la vida.

Pasaron largo rato platicando cosas cotidianas,
Hablaban de cómo había sido su vida de hombre soltero y como sería de casado, qué entendía el comportamiento humano del hombre, pero que en los momentos de flaqueza, usará los años de estudio y usará la comprensión y el sentido común como aliado en sus decisiones.

Don gilberto aportó al tema diciendo ,
que Juan Pedro contaba con todo su apoyo y que por su parte haría todo lo que estuviera en sus manos para ayudar y aconsejar a su hijo en el curso de su nueva vida de casado.
Y bromeó a su consuegro cuando dijo,
además compadre, aunque ya es todo un hombre muy estudiado más grande y más alto que yo, no dude ni tantito que yo le doy sus cintazos si es necesario para hacerlo entrar en razón si llegara a ser necesario,
y los tres rieron de buena gana.

Juan Pedro le tocó el hombro a su padre y le dijo con tono suave y tranquilo,

eso lo sé padre pero no será necesario,

y rieron más cuando les dijo,

porque ya no estamos en sus tiempos.

Los métodos educativos en las escuelas de hoy en día,
ayudan a los jóvenes a crear conciencia consigo mismo y sus semejantes, así como con el medio ambiente,

Don Gilberto sonrió al tiempo que se dirigió a don José
escuchó eso compadre?

son palabras de alguien con estudio,

sin duda dijo su compadre.

estoy orgulloso de ti muchacho,

Así caminaban por la orilla del río entre bromas y recuerdos de los viejos.

De su infancia le contaban que ellos no pudieron estudiar más que la escuela primaria y eso a duras penas y sin terminar,

pues había que ayudar en las labores del campo a sus padres para el sostén de las familias.

El calor se sentía en su punto máximo cuando uno de ellos dijo, los jóvenes de ahora son muy afortunados pues tienen la oportunidad de cursar estudios de universidad si así se lo proponen.

Sentados en las rocas a la orilla del río su padre contaba que hace años en esta parte del río,

en la vuelta que da la corriente se podían conseguir buenas presas de pesca,

Los grandes ejemplares se pescaban antes, hoy en día no les dan la oportunidad de crecer.

El eco del ruido forzado de un motor de camión por las condiciones del camino en la carretera de terracería se escuchaba retumbar por el canon a lo largo del río.

En la carretera el auto donde viajaba la novia y sus acompañantes también hacía su regreso al pueblo.

Todo salió como se había planeado los preparativos del evento estaban confirmados por la familia,

se esperaba con ansia el anhelado día,

nadie pudo imaginar la cruel tragedia de ese día fatal marcado por el destino,

solo la madre de la novia tuvo un presentimiento la mañana que salieron rumbo a la ciudad.

Doña Leonor Aguilar madre de julia , doña Carmen de la mora doña Marcela Alvares madrina de bautizo de Julia, la señora Cecilia Garcia madre de Juan Pedro, Lucia Flores, y Julia Sofía, acompañadas de Fidencio Gonzalez,

el acólito que ayudaba en la iglesia al padre esquivel regresaban esa tarde de la ciudad sin imaginar lo que el destino les tenía preparado a todos ellos en las cercanías del pueblo.

Ya empezaba a atardecer cuando el pequeño auto en el que viajaban la señoras y la novia, también hacía su regreso por las empolvadas curvas de la vieja carretera.

Dicen los que presenciaron los hechos, que justo donde está el vado de la barranca seca y se une con la carretera y corre a lo largo del río,
el auto se detuvo y las ocupantes bajaron al río para refrescarse un poco.

Fue cuando en sentido contrario llegaba otro vehículo,
eran ruben y sus amigos.

Que se detuvieron cuando miraron el auto, y reconocieron al ayudante del cura que esperaba recargado en el capó del auto,
Al momento se hicieron de palabras con fidencio que esperaba por las señoras en el auto.

El altercado fue subiendo de tono y de pronto Rubén sacó el arma y amenazó al muchacho.
Fue cuando unos pastores decidieron intervenir tratando de apaciguar al ebrio hombre que amenazaba con ensañarse con aquel joven.

Doña Leonor madre de julia, había sugerido seguir de largo hasta llegar al pueblo, pues dijo tener un mal presentimiento desde la mañana que salieron en dirección a la ciudad,
pero no quiso preocupar a nadie,
fue la única que presintió la tragedia, pues ese trágico día sucedió algo que nunca nadie se imaginaba.

Cuando los pastores intervinieron en la discusión, Ruben arremetió contra ellos y en un descuido el arma se disparó, alcanzando en el costado al anciano pastor que intentaba calmar la situación..

Pocas personas sabían que rubén andaba con unos amigos tomando desde el mediodía,
Y fue bien sabido que fue él,
el principal culpable de aquella tragedia,
fue lo que contaron los pastores que presenciaron aquella terrible tragedia.

Otros que presenciaron los hechos declararon tiempo después
que la camioneta azul de Rubén corría por la carretera y se detuvieron al mirar el auto del padre esquivel en aquel lugar
y abordaron con insultos al joven ayudante del cura,
Mas de pronto disparó el arma en contra de don juventino rosas el anciano hombre que intentó apaciguar las cosas y que murió 2 días después a causa de las heridas que le provocó aquel disparo.

Y se volvieron de pronto a golpes contra Fidencio cuando este quiso intervenir,
Ruben y sus amigos claramente alcoholizados, lo masacraron a golpes,
Y el arma nuevamente fue disparada amedrentando a los pastores que poco podían hacer en contra de aquellos hombres enardecidos.

El eco de los disparos alteró los nervios de las señoras y la futura novia que habían bajado hasta el río a refrescarse los pies como habían planeado.

Que al escuchar los disparos se apresuraron a volver hasta el auto y se percataron que los embriagados hombres desahogan sus frustraciones a golpes con el cuerpo inmobil de quien aquel día les acompañaba a la ciudad.

Al percatarse de tal situación doña Marcela que conocía bien a Rubén quiso intervenir.
pero en su intento fue lanzada al suelo severamente por un fuerte golpe que le propinó Rubén,

Cuando las señoras corrieron a atender a doña marcela, Rubén se dirigió a Julia, envalentonado por el alcohol y con el arma en la mano, hizo algunos disparos al aire amenazando a todos mientras lanzaba insultos de bravata.

Hábilmente y sin temor Julia lanzó un fuerte golpe acertando de lleno en la cara de Rubén, que retrocedió sorprendido al impacto del certero golpe que recibió con el mango de un parasol que Julia llevaba consigo,
que le abrió una herida en la barbilla izquierda que le sangraba profusamente y que le dejaría una muy marcada cicatriz por el resto de su vida.

Mientras el hombre que había recibido el disparo con mala fortuna era atendido por sus otros dos compañeros que le acompañaban.

Sangrando por los golpes Fidencio quiso ayudar a la mujer que yacía en el suelo, pero fue detenido en seco por un fuerte golpe de bastón en la espalda,
Rubén se ensañó cobardemente con el,
desahogando su frustración dando golpes brutales al cuerpo ya inerte del muchacho,
una serie de golpes tan brutales le causaron una hemorragia interna como externa,
Causándole la muerte al instante.

Al percatarse de tan horrible escenario las mujeres entraron al auto y dieron marcha para alejarse del lugar.
Para su mala suerte equivocando el rumbo,
pues enfilaban el auto en sentido opuesto al pueblo,
que al darse cuenta de tal equivocación un par de minutos más tarde, decidieron regresar en la otra dirección.

Quizá no se hubieran perdido más vidas si hubiesen continuado el rumbo,
pero herraron la decisión cuando decidieron que lo mejor sería volver en dirección al pueblo.

Los testigos de aquella masacre contaron tiempo después los pormenores con detalle de aquel fatídico día.

Don Hermenegildo Pérez, dijo en su declaración que si hubieran seguido de frente no hubiera pasado semejante desgracia, pero de pronto el auto se detuvo y se giró de regreso al pueblo encontrándose de frente con la camioneta de aquellos hombres que ya las seguían.

El hombre enloquecido aceleró el vehículo sin importar los gritos de sus cómplices que le gritaban que se detuviera,
Cegado por la rabia, los celos y el rencor acumulado por el tiempo, por el rechazo de Julia, hizo acelerar el auto estrellándose violentamente de frente con el auto de aquellas inocentes personas.

Los testigos dijeron que aun estaban con vida cuando llegaron a la escena,
pero que inexplicablemente, Rubén y uno de sus cómplices salieron ilesos y se arrastraban huyendo de la escena en dirección del río a tropezones, saltando sobre las piedras que encontraban a su paso.

El eco de los disparos retumbaron al unísono por todo el cañón del río como si hubiera sido uno solo,
llegando hasta los hombres que platicaban amenamente cosas de la vida que ya disponían su regreso hasta los caballos, cuando se escucharon los disparos y por alguna razón esos disparos les produjo cierta preocupación.

El más joven de los pastores, un hombre joven llamado juan josé hijo de don lorenzo mejia, corrió al pueblo de prisa para dar parte de lo sucedido.
En el camino se encontró con los hombres que ya volvían de su cabalgata y lo pararon en seco,
preguntando si la prisa era por los disparos, y si él tenía algo que ver con los disparos que habían sonado unos minutos antes,
el muchacho lloraba de impotencia pues aun no podía creer que todo eso estuviera sucediendo.

les dijo con voz angustiada, dense prisa es la señorita Julia y su madre con su esposa y otras personas, y el monaguillo de la iglesia.

Vayan de prisa, yo necesito traer a la enfermera del pueblo para asistir, pues tuvieron un accidente,
no había terminado de hablar, Juan Pedro picó al caballo que montaba saliendo a galope en dirección del lugar del accidente

Castigando al potro con desesperación,
para llegar al punto que había mencionado el pastor,
se le hacía eterno el camino,
espoleaba el cuaco sin piedad exigiendo el galope y gritando de impotencia.

Su padre y su suegro habían facilitado un caballo al muchacho para llegar al pueblo más de prisa,
quedando los dos hombres con una sola bestia,
la cual montaron y apresuraban al potro que avanzaba lento,
con los dos jinetes y por la empinada subida.

Cuando el mensajero llegó hasta el cruce del río,
gritaba a los hombres que encontraba a su paso,
un accidente, un accidente, gritaba levantando los brazos,
y haciendo señas con las manos a todas las personas que encontraba mientras azuzaba al potro que cruzaba lentamente el río.
Algunas personas le recomendaron hablar con el comisario del pueblo y el jefe de la seguridad.

Pidió a un muchacho que encontró en su mula, diera parte al comisario y se dirigió a la casa cural para notificar al cura de lo sucedido.

Entró en el recinto corriendo desesperado buscando con la mirada al padre Esquivel mientras gritaba con desesperación.

La escena del cuerpo de Fidencio que había sido macerado a golpes y el terrible accidente vehicular provocado, sin duda le había causado un trauma en su entendimiento pues no encontraba forma para describir lo sucedido.

El sacerdote se dispuso a salir de inmediato, pidió un caballo prestado a los vecinos y encargó a Maria Guadalupe, la señora de la limpieza en la iglesia, se hiciera cargo del mensajero, un niño que tardó mucho tiempo en recuperar su lucidez normal.

El padre se dirigió a la escena y cuando vadeaba la parte más tranquila del río,
la camioneta del comisario también cruzaba muy de prisa,
le habían notificado que uno de los vehículos involucrados en el accidente, era de Rubén,
que había estado tomando todo el día con sus amigos.

Se dirigía muy deprisa pues si rubén estaba involucrado las cosas no saldrían bien,
pues cada vez que este se involucraba en peleas en el pueblo,
era necesario sobornar y amenazar a terceros para que el hijo saliera librado del problema.

Pasó así aquella vez cuando fue acusado de ultrajar a una joven y el padre tuvo que sobornar con sus influencias para

culpar a la joven de querer escalar en su posición social intimando con el hijo, según su declaración,
y fue declarado no culpable, y todo quedó olvidado como si nada hubiera pasado por las constantes amenazas de Don Artemio.

La camioneta pasó de prisa, al lado de los hombres que montaban un solo caballo,
que ya estaban más cerca del lugar del lugar.

Juan Pedro tomó en sus brazos a Julia Sofia que lo miraba fijamente,
la acomodo suavemente a un costado mientras le hablaba dulcemente, vas a estar bien mi amor, vas a estar bien.

Se dirigió al retorcido fuselaje del carro, y una a una fue sacando los cuerpos.

Su madrina y la diseñadora habían fallecido al impacto. Doña Leonor madre de Julia y doña Lucía aún estaban con vida aunque inconscientes.
Su madre que estaba seriamente lastimada y sangraba por los oídos aún estaba consciente, aturdida por el impacto en estado de shock con sentido claramente de desorientación,
preguntaba por Julia, Julia dónde está Julia? Repetía una y otra vez.

Pasaron varios minutos cuando ella reconoció a Juan Pedro que la sostenía en sus brazos diciendo palabras de aliento.

Juan Pedro la tranquilizó y suavemente y la recosto a un lado, llorando de impotencia miraba al cielo,
gritando de desesperación se preguntaba por qué.

Por qué?, por qué?, por que?,
solo se le escuchó repetir muchas veces por muchas noches,

El movimiento de manos de julia lo hizo volver a ella, mientras los testigos apagaban como podían el fuego que empezaba a expandirse en el auto,

En su entender él sabía que estaba perdido, lejos de la ciudad y sin primeros auxilios en el pueblo, las posibilidades de ayudar a salvar a las personas era imposible y él lo sabía.

En el pueblo no contaban con servicio médico de primeros auxilios.

Se hundió en desesperación, pues si alguien avisaba a los primeros auxilios de emergencia de la ciudad más cercana, tardarian más de 4 horas en llegar, por la distancia y lo difícil del camino rural.

Ahogado en su desesperación tomó a julia en sus brazos suavemente limpiaba su hermoso rostro con delicadeza, Y no pudo ocultar su rostro que lloraba de impotencia.

Ella lo miraba con amor y balbuceaba unas palabras,
no estés triste , le decía.
El quiso creer que alguien ya había avisado a los paramédicos de la ciudad, y solo sería cuestión de tiempo para que llegaran en su auxilio.

Vas a estar bien le dijo con lágrimas en los ojos,
Sin saber siquiera que nadie había avisado a ningún lugar, pues aún no se contaba con servicio telefónico en el pueblo.

En realidad no había nadie en camino para asistir a los heridos.

la ayuda llegará pronto, le dijo suavemente al oído.
Ella lo miró con amor y le dijo las palabras que acabaron con la última esperanza que él guardaba pensando que alguien llegaría para ayudar.
Muy mal herida y agonizando hablo con dificultad,
sabemos que no hay quien venga ayudarnos, le dijo con una voz casi imperceptible,
no estes triste, sabes que te amo mas que ami vida,
Y estoy feliz porque se que tambien me amas,
si es por ti, doy mi vida por ti, dijo intentando mover los brazos,
pero varias fracturas en sus brazos y cuerpo,
le impidieron moverse cuando intentó dar un abrazo al hombre que lloraba en silencio a su lado.

poco a poco se estaba desvaneciendo,
mientras el gritaba de impotencia por no poder hacer nada,
desesperado miraba al cielo rezaba fragmentos de algunas oraciones que se le venían a la mente por partes,
pues por más que intentaba no lograba coordinar una oración completa al saberse en medio de la nada sin nadie que pudiera ayudar.

no me dejes por favor, no me dejes le repetía una y otra vez.

Pastores que habían llegado a la escena y habían ayudado sacar los cuerpos del carro,
miraban compungidos la triste escena,
Preguntaban a Juan Pedro, qué hacemos? díme qué hacemos preguntaba el más lúcido de aquellos pastores,
todos se miraban incrédulos sin entender lo que realmente había sucedido.

Juan Pedro sabía que ella tenía razón,
si en caso que alguien hubiera solicitado ayuda, el tiempo no les alcanzaría pues el estado físico de los accidentados era precariamente desolador.

El no les dijo nada,
extendió las piernas de Julia, la acomodo en sus brazos y la beso en la frente, luchaba por no renunciar a seguir presionando la profusa herida en el pecho que seguía sangrando sin parar.

Algunos minutos después la herida poco a poco dejaba de sangrar mientras él le hablaba e insistía,
no te duermas por favor, no te duermas.

Ella lo miró por última vez, antes de entrar en shock

La venganza nunca es buena,
no lo olvides mi por favor,

Fueron las últimas palabras que escuchó de ella.

Por un momento él le sonrió pues a pesar de haber perdido tanta sangre,
era una mujer fuerte pues no había perdido el conocimiento y mantenía la mente lúcida,

El, insistió muchas veces que no se quedara dormida,
pero sintió un escalofrío de impotencia, cuando sintió el cuerpo de ella desvanecerse poco a poco quedando inerte en sus brazos.

Miraba a todos lados como buscando alguna ayuda, detuvo su mirada en dirección donde el cuerpo de su madre Doña Marcela y Doña Leonor hacía unos momentos también habían dejado de existir,

Gritó con desesperación y la apretó a su pecho, renegando de la vida y de tanta mala suerte,
no supo cuánto tiempo pasó cuando unas manos lo apartaba bruscamente separándolo del cuerpo.

Don Artemio, había llegado a la escena,
Caminaba de cuerpo en cuerpo por si alguno alguien estaba consciente,

inmediatamente reconoció la camioneta de su hijo y uno de los cuerpos de los amigos de él que yacía inerte colgando del parabrisas destrozado en la camioneta.

Miro a todos lados y miro dos hombres entrados en edad a los que se dirigió y les dijo en tono amenazante.

Tuvieran cuidado con lo que habrían de hablar acerca de lo sucedido, ya son viejos y tienen familia, piensen en eso antes de hablar de más, les amenazó.

Dijo esto y regresó con Juan Pedro, que tenía un aspecto de un cristo por la sangre empapada en su cuerpo,
se acercó a él y de un violento movimiento le dio la vuelta y le gritó que estaba bajo arresto hasta esclarecer los hechos...

varios años después, ya entrados en su vejez los pastores declararon las amenazas de don Artemio en aquella ocasión y de los tantos atropellos y abusos de autoridad en el pueblo.

Cuando puso bajo arresto a Juan Pedro, este no puso resistencia, estaba confundido, destrozado, pues su futura esposa , junto con su madre la madre de ella,
su madrina y dos personas más, habían perdido la vida,
y le parecía una pesadilla que todo eso estuviera ocurriendo en un solo día.

Cuando llegaron don Gilberto y don José Miguel,

Encararon a don Artemio que se envalentonó tras sus ayudantes a los que él llamaba policía local, advirtiendo mantenerse lejos de la escena pues el asunto estaba ahora bajo su jurisdicción.

don José le gritó de todo al ver los cuerpos esparcidos en el suelo, y que además estaba arrestando a Juan Pero sin razón,

Le grito que como autoridad, tenía que mandar a la ciudad por ayuda,
usar el vehículo y transportar a las personas heridas hasta el centro médico más cercano, y pedir ayuda a la estacion de policia mas cercana, y no tomar esas decisiones en sus manos,

La discusión subía de tono a cada segundo,

El cuerpo de un muchacho destrozado a golpes
8 personas con posibilidad de sobrevivir y él se enfoca en arrestar a un hombre, que había llegado con ellos para ayudar.

Cuando el padre de Julia encaró a don Artemio, lo agarró por cuello propinándole un golpe tan fuerte que le reventó la cara que le hizo sangrar al instante,
Aturdido el hombre escupía sangre cuando uno de sus ayudantes repentinamente golpeó violentamente por la espalda a don Gilberto, que cayó al suelo tratando de recuperar el equilibrio, al mismo tiempo que esquivaba los golpes de aquel hombre que lo golpeaba sin darle oportunidad de reaccionar.

El hombre se le fue encima golpeando una y otra vez su cabeza contra el suelo y en un último intento cuando por instinto de supervivencia alcanzó el arma que portaba en la cintura disparó al cuerpo de aquel hombre que le golpeaba sin piedad.

Se escucharon dos disparos y aquel hombre se desplomó sobre sí mismo.
Cuando el otro hombre que acompañaba a Don Agustín al ver que su compañero caía al suelo descargó su arma contra Don Gilberto matándolo al instante.

Tambaleante Don Gilberto intentó llegar hasta su hijo pero la fuerza le falló y cayó a escasos metros de él,
a los pies de su hijo que aún sostenía el cuerpo inerte de Julia Sofia.

Don Jose Miguel quiso ayudar a Don Gilberto pero este ya perdía la vida cuando caía pesadamente frente a su hijo que permanecía en shock.

Don Jose Miguel se dio la vuelta e intentó enfrentar aquellos hombres con pistola en mano pero no alcanzó a disparar,
pues en la vuelta que dio se encontró con varios disparos de aquellos hombres que le dispararon a quema ropa en la vuelta que hizo.

El cuerpo cayó al lado de su compadre que aún intentó levantarse y trastabilló unos pasos pero ya no lo logró.

El padre esquivel apuro su caballo cuando escuchó los disparos,

esto es una locura se repetía mientras avanzaba,

varios hombres del pueblo también le seguían los pasos, pues la noticia se había corrido en el pueblo,
Varios hombres se dirigian al lugar para ayudar en lo que fuera, como siempre lo hacían cuando alguien sufría un percance en la carretera.

Como muchas veces lo hacían, ya fuera por accidentes o cuando por las lluvias los vehículos quedaban atascados en el barro eran los vecinos los que acudían al rescate remolcando los vehículos con mulas y caballos.

Pero esta ocasión todos en el pueblo quedaron sorprendidos al ver la magnitud de la tragedia,
pues nunca antes había sucedido algo igual.

Cuando el padre esquivel llegó al lugar, se santiguaba una y otra vez, murmuraba oraciones inconclusas, rezaba por palabras entrecortadas por la impresión al ir descubriendo cada cuerpo sin vida por el suelo.

Era de no creer tanta desgracia, no podía creer que estuvieran tantos cuerpos sin vida,

preguntaba a los pastores que había sucedido, cómo era posible que todo eso sucediera en un solo día, en un solo lugar.

Los pastores dijeron estar conmocionados dijeron que no sabían cómo pasaron las cosas.

Se dirigió a Don Artemio con actitud retadora cuando aquel hombre lo paró en seco, insultando a su persona sin respeto por los hábitos,

" a mi no me joda padre, mantenga la distancia,
que este es ahora asunto de las autoridades".

El padre Esquibel incrédulo miraba a un lado y a otro,
pues yacían en el suelo muchos cuerpos sin vida,
en un solo lugar, en un solo día,

no podía creer como don José Miguel, y don Gilberto , terminaron sin vida, cuando esa misma mañana los había saludado muy alegres.

El sol se estaba poniendo y las sombras de la noche empezaban a sombrear el paisaje cuando llegaron los hombres del pueblo, su asombro fue igual y sin nada que decir se pusieron a las órdenes del comisario para ayudar en lo que fuera necesario.

Don Artemio les dijo que ya nada se podía hacer más que redactar en palabras el acontecimiento y levantar los cuerpos para ser llevados al pueblo mientras llegaban las autoridades competentes para hacer los trámites de rigor.
Los hombres trajeron del pueblo el viejo camión de don felipe mota el vendedor de maíz que atendía la conasupo,

Los cuerpos fueron trasladados al pueblo y fueron puestos en el cuarto frío de la comisaría donde estarían hasta el día siguiente cuando llegara el ministerio público desde la ciudad.

Al medio día siguiente, llegaron los servicios especiales para tomar declaraciones y llevar los cuerpos a la ciudad para la autopsia.

Juan Pedro permaneció dos días detenido en la prisión local de tejalpa, y nunca se comprendió en si cual fue su culpa en esta desgracia, pues se le habían fabricado cargos por lo sucedido, la muerte de 8 personas y homicidio involuntario se leía en el reporte.

El padre esquivel intervino para abogar por él más de una ocasión insistiendo que su acusación era un mal entendido, pero no fue escuchado,

Pues el alcalde lo declaró no apto para rendir declaración, puesto que en el accidente había personas cercanas a él. familiares y conocidos y se encuentra en estado no apto para declarar.

Y aunque lo intentó en varias oportunidades que tuvo, falló en su intento de convencer a don Artemio de la inocencia de Juan Pedro.

En muchas ocasiones después que Juan Pedro fue trasladado al penal, don Artemio nunca quiso recibirlo para hablar de la inocencia y de su artera equivocación.

Incluso cuando el padre intentó persuadir a tan despreciable persona por medio de la religión.
Este con voz en cuello y en medio de la plaza grande le gritó que no necesitaba de su iglesia, que no le importaba que el cielo le cerrará las puertas en el tiempo de la redención, gritaba blasfemando contra la iglesia.

Aumentando así su rechazo de la población,
y aunque la gente siempre reprobó sus actos de abuso, nunca nadie se atrevía a levantar cargos, o poner una queja ante las autoridades correspondientes.

La pérdida de julia y de sus padres, dejaron a Juan Pedro hundido en la peor depresión que puede sufrir un ser humano, Por mucho tiempo se negaba a hablar de lo sucedido.

El reporte del deceso de 9 personas, descritas a detalle con nombres y edades aproximadas y de residencia local conocida en el pueblo, fallecidas en accidente vehicular
en la carretera en dirección de oeste a este , en las cercanías del pueblo ya mencionado.

Era de notar, que en un párrafo extenso redactado por el secretario oficial al servicio de don Artemio
detallo linea por linea culpaba a Juan Pedro del acto involuntario pero agravante y responsable, en el accidente mencionado, teniendo como desenlace fatal, el fallecimiento de las personas mencionadas,

siendo esta una de las razones principales por las cuales el ciudadano Juan Pedro Avelar Garcia , quedaba bajo arresto y a disposición de las autoridades correspondientes.

Pero nunca se mencionó el deceso del anciano pastor que falleció dos días después de aquella tragedia y que fue a causa del disparo que le hizo el arma que portaba Ruben en aquel momento,

Respecto al deceso de los hombres que llegaron a la escena tiempo después, el padre de Juan Pedro y su compadre solo se dijo en un reporte aislado del original,
de una pelea sin agravantes a consecuencia de la situación,
de 2 hombres contra integrantes de la policía local,
donde perecieron en el acto.

Los nombres de los hoy occisos respondía a los nombres de Gilberto Avelar Mendoza y José Miguel de la huerta Cruz, con residencia conocida en santa cruz tejalpa.

Fue lo más relevante que se asentó en el reporte respecto a la muerte de los dos hombres que llegaron a la escena en el momento del accidente.

Quedando este suceso impune pues nunca nadie más volvió a mencionar esta tragedia,
siendo el padre Esquivel la única persona que intentó ser escuchado, para exponer los actos de abuso por parte de don Artemio,
pero por razones desconocidas todas las cartas que redactó el cura fueron a parar a la oficina de Don Artemio y nunca fue escuchada su declaración.

El hermano menor quedó a cargo de una tía lejana en tercer grado, cuando él fue trasladado a la ciudad para ser procesado.
El padre esquivel mando muchas peticiones a las autoridades,
pidiendo investigar más a fondo y detalladamente lo ocurrido,
siendo ignorado y bloqueado por terceros.

El juicio se llevó a cabo el año siguiente el abogado de oficio que fungió en defensa en su defensa, declaró que no pudo hacer mucho pues la decisión de Juan Pedro de no hablar no ayudaba mucho en su defensa.

Intentaron alegar locura senil temporal, pero les fue denegado y en menos de 6 meses fue declarado culpable y sentenciado a 20 años a vida.

El tiempo siguió su curso,
la mayoría de gente se iba olvidando de lo sucedido,
solo quedaron unas cruces a la orilla de la carretera señalando el lugar de la tragedia con los nombres marcados.

Al correr de los años ya nadie habló de lo sucedido.

Quizá no querían recordar tan atroces acontecimientos o simplemente el ritmo agitado e impredecible de la vida les hizo olvidar.

Muy pocas personas recordaban la tragedia, llamando la misma como " el accidente"

Las personas de más edad ya no recordaban los hechos, y los que aún recordaban lo que pasó contaron de todo lo que hizo don Artemio, para encubrir a su hijo.

Que mandó a estudiar lejos y regresó al pueblo después de 10 años con el grado de federal de caminos, asignado al área perteneciente la jurisdicción del pueblo.

Fue por ese entonces que sucedió otro acontecimiento, Que confundió a los habitantes del pueblo, la mayoría que conocía a los involucrados simplemente comentaban que entre el cielo y la tierra no hay nada oculto, y la verdad siempre se sabrá algún día.

Y que la blasfemia contra la iglesia no quedaría sin castigo.

Todos fueron testigos de que lo que sucedió aquella tarde lluviosa de junio,

Las torrenciales lluvias de esos días habían traído creciente, Esa noche de tormenta don Artemio regresaba al pueblo y lo sorprendió la tormenta a mitad de camino.

Ya en una edad avanzada pero con el impulso agresivo intacto, ordenó al conductor uno de los hombres que aún mantenía su servicio cómplice en aquella tragedia.

Que no detuviera la camioneta, aun en contra de las recomendaciones del chofer que le recomendaba esperar que la tormenta escampara un poco, pues la creciente del río era muy peligrosa esa noche para cruzar.

El insistió al conductor de cruzar el caudaloso río, siendo arrastrado por las agitadas aguas volcando el vehículo,

que fue arrastrado violentamente muchos kilómetros río abajo.

Unos campesinos encontraron los cuerpos muchos días después.

Dedujeron que en el rodar del vehículo intentaron salir del carro quedando atrapados por las corrientes,

y las agitadas aguas hizo dar volteretas al carro y así terminó la vida de aquellos hombres.

Siendo el río único testigo silencioso de lo ocurrido,

y fue la voluntad de Dios que así fuera el final de aquellos hombres.

Cuando las tormentas pasaron y los niveles del agua bajaron dejaron al descubierto los cuerpos en avanzado estado de descomposición colgando de algunas raíces de árboles que arrastra el río con la creciente,
fueron descubiertos por el vuelo de zopilotes que revoloteaban el lugar.

Fue necesario que Rubén trajera de la ciudad agentes especiales para retirar los cuerpos, pues nadie en el pueblo quiso llevar a cabo tal trabajo.

Los que recordaban los atropellos, que en vida hizo don Artemio, murmuraban que se merecía eso y más por todo el daño que hizo, y de haber solapado semejante tragedia y causar tantos agravios en el pueblo,
además de acabar con dos familias y un hombre inocente en prisión.

Para los habitantes del pueblo fue un acto de justicia divina, que el cielo les regalo como respuesta a las plegarias que muchas veces imploraban al cielo.

Esa tarde llovió como nunca en la región,
Como respuesta a los actos de fe de la población
que imploraban justicia y castigar los tantos crueles actos de don Artemio Sanchez.

Cuando se cumplieron 15 años de la terrible tragedia,
el padre Esquivel fue retirado de sus servicios parroquiales, por la edad
No sin antes dejar una confesión firmada ante las autoridades, de los atropellos a la comunidad por parte de aquel hombre.

La del encierro injusto de un hombre que purgaba una condena de 20 años en el penal del estado.

El hermano menor de JuanPedro cumpliria los 20,
entró en una desesperación y se dejó convencer junto con otros muchachos,
por las palabras de un fulano que les prometía ganar mucho dinero en poco tiempo,
convenciendolos de partir de su pueblo una madrugada con rumbo a la frontera norte.

De la cual nunca más se volvió a saber de él,
algunos dicen que viven en otro país,
liderando un grupo de delincuentes,
Otros dicen que se unió a grupos delictivos de la frontera,
Hay quienes dicen que desapareció en la frontera,
lo cierto es que se fue hace más de 10 años y nunca más volvió al pueblo.

Ya han pasado muchos años, y las nuevas generaciones solo saben del suceso como algo trágico que pasó en las cercanías del pueblo, un suceso trágico hace muchos años.
Cuando a Juan Pedro le llegaron las noticias de que su hermano se había ido del pueblo, volvió a ser el hombre callado y de pocas palabras como en los días en que era ingresado al penal.

Como en aquel día que le dictaron sentencia y nunca habló de su tragedia hasta pasados los años.

Fue hasta cuando hicimos un grupo de amigos y empezó a contar un poco de su tragedia.

Así fue como supimos de su tragedia, que fue sin duda la más triste y cruel, que desde mi punto de ver, le pueda suceder a un hombre,

El tiempo transcurría sin dar tregua a los inquilinos del penal, en prisión los años pasan diferente, son como años de perro. Se siente que pasan 7 cuando solo ha pasado uno.
se notan en la cara de todos, pues el sobrevivir es una apuesta de todos los días.

En los días que nos negaban el acceso a los talleres por algún conflicto que sucediera internamente,
fue cuando decidí hacer algo más por el,
decidí escribir sus memorias,
en ese entonces cumpliría sus 47 y más de 20 en el penal.

Me propuse escribir sus sueños de prisionero,
y que el mundo supiera de su tragedia,
Quizá estas declaraciones lleguen a personas que en sus manos esté la decisión de hacer valer la justicia.

y sin apelar por la inocencia de nadie,
Si, pidiendo clemencia por la justicia de muchos,
por la inocencia de muchos de este penal,
que por falta de medios no les queda que resignarse a cumplir la condena impuesta por un delito que quizá nunca cometieron, o simplemente aceptar la culpa que le imponen otros, por medio de amenazas a las familias.

Mi nombre es Diego Avila, reo número 05061976TA ,
conocido por los compañeros del penal como el "flaco"
llevo más de 20 en este penal,

Mi condena fue por mucho,
quizá algunos piensen que la merezco,
quizá otros sientan piedad por mí, pues fui sentenciado por muchos años, por un delito que sí cometí, en defensa de la mujer que fue mi esposa.

Es mi historia que les contaré en otra ocasión,
pues tengo mucho tiempo para hacerlo.

Hoy es 10 de mayo, es un dia muy respetado en el penal,
Hay alegría en los ojos de muchos compañeros pues se nos da licencia desde un dia antes de salir al patio más tiempo,
de tomar un poco de sol y preparar las pequeñas sorpresas que todos los compañeros preparan en los talleres de rehabilitación para regalar en forma de obsequios a las familias que cada año en este día, nos alegran con sus visitas.
Los que no recibimos visita alguna, nos alegramos y contagiamos de la alegría de los compañeros que le visitan sus familias.

Hace mucho tiempo que no recibo, ni tampoco espero visita alguna.
Pero me alegra compartir la alegría de los compañeros que reciben a sus familias.

En un par de meses cumplire 49 años,
Pues si hay algo que no olvidas aquí, es la cuenta del tiempo.

Desde hace más de 2 años que escribo las memorias de mi amigo, Juan Pedro Avelar Garcia.

fuimos compañeros de celda desde hace más de 15
Los primeros años aquí, no le dieron una celda fija ,
Un tiempo en la A, otro tiempo en la B, pero después de casi 15 años nos tocó compartir celda.

Decidí escribir sus memorias, sueños de un prisionero , para que con el tiempo, puedan estas palabras aquí escritas, llegar a la mente de todos los que quieran a leer estas líneas, decirles que tienen en su vida, la más grande dicha que pueda existir, después de estar vivos,

LA LIBERTAD,

apreciar y disfrutar la libertad, sepan valorar cada dia despertar cada dia y agradecer a la vida por la libertad,

Dar gracias por el azul del cielo, por días de lluvia y los días soleados,

sentir el calor del sol en la cara,
disfrutar del amor de la familia, porque todas las cosas buenas de la vida son gratis.

Como el respirar, el bañarte en el río,
mirar a los ojos de tu hijo, y decirle lo mucho que le amas,
tomar de la mano a la persona que amas y sin miedo a equivocarte decirle cuanto le amas,
correr en la arena con los pies descalzos y sentir la arena desgranar bajo los pies en cada paso,.

conectar tu ser con la tierra y sentir su energía,
tocar las frescas aguas del río en verano,

desnudar tu alma al mundo sin temor de gritar tu libertad.

Ya estamos en junio, es verano y este año no será como los otros años,
Este verano será diferente,

Este es el caso de Juan Pedro Avelar,
decía que me interese en escribir sus memorias,
pues de alguna forma también me mantiene absorto de la realidad, pues yo estaré mucho tiempo mas aqui, segun mi expediente,

pero he cooperado mucho y se ha notado mi rehabilitación y posiblemente me den la libertad mucho antes del tiempo marcado, algún día, algún día...

Decía que por mucho tiempo fuimos compañeros de celda , para mi fue más que un número, era mi hermano y fue mi amigo,

Juan Pedro Avelar, lo repetiré muchas veces para que su nombre no se olvide fácilmente.

El siempre me llamó por mi nombre, Diego Avila Vazquez,

Recuerdo que en sus últimos días en el penal,
unos días después que le dieran la noticia que en el siguiente verano le darían la libertad,
pasábamos largas horas hablando, de cómo sería su vida ahora que fuera libre,

A donde iría, que haría,
decía que quería volver a su pueblo y visitar la parroquia, visitar la villa del señor de tejalpa, lugar con el que siempre soñó.

Se preguntaba si acaso alguien del pueblo aún se acordaría de él, pues hacía ya mucho tiempo que dejaron de llegar las visitas del padre esquivel y de su hermano.

Hace algunos años supimos en el penal por la visita de otro reo, que su hermano menor había salido del pueblo en compañía de otras personas,
Gente que no eran del pueblo ,
que aseguraban conocer la forma de ganar mucho dinero en poco tiempo, y una madrugada se fueron,

meses después los cuerpos sin vida de algunos de ellos eran repatriados al pueblo, pero no el cuerpo de su hermano así como el de otros más del grupo.

fueron declarados como desaparecidos en la frontera norte y nunca se supo de ellos,
no se sabe si lograron cruzar al otro lado, o si perdieron la vida en el intento como muchos otros que intentan cruzar ilegalmente la frontera norte,
hay rumores de que vive en algún lugar del norte del país, que se unió a grupos delictivos, pero solo son rumores que han llegado aquí, a saber si sera cierto todo eso que se cuenta de él,
Pues quienes dicen que se volvió un hombre con poder y vive en la frontera, esa idea de que esté vivo le alegra la vida a Juan Pedro que espera algún día volverlo a ver.

Es el último miembro de su familia ,
en ocasiones se animaba a charlar y gustaba de la reuniones que organizan unas personas a las que nosotros llamamos los " hermanos" ,
puesto que todos ellos así se dirigían a nosotros, como los "hermanos"

Un grupo religioso que llegaba los fines de cada mes,
para hablar del perdón al prójimo,
la sabiduría y ejemplo de vida de un nazareno llamado Jesus,
que recorrió el mundo enseñando el plan de salvación por medio de sus enseñanzas hace más de 2 mil años.

Fueron los "hermanos " quienes sirvieron de mucho apoyo a Juan Pedro, en días aquellos que le dieran la noticia de su hermano desaparecido.

Todos notamos que desde ese entonces el ya no fue el mismo, pasaba mucho tiempo distraído,
fue sorprendido varias veces hablando solo, platicando a solas apartado de todos.
en nuestro grupo de amigos sentimos cierta compasión por su tragedia, tanto que adoptamos como propia,
haciendo de alguna forma su tragedia nuestra también.

Pasaba absorto las noches, aunque siempre terminaba platicando historias de cuando vivió en su pueblo,
Decía que le gustaba soñar con su pueblo y con la gente que en aquel entonces conoció.

Después de aquel día cuando recibió la noticia que le darían su libertad.
Dijo que los sueños se volvían más frecuentes,
el mismo donde regresaba a su pueblo.
Pero que el sueño siempre era como tantos otros de la misma forma, pues siempre soñaba que regresaba a su pueblo, pero cuando estaba a punto de cruzar el río se despertaba.

Pero que le gustaban más los sueños donde aparecía Julia Sofia, que eran muy seguidos, sueños donde se encontraban en lugar que en un principio no conocía, pero que después era el lugar donde a ella le gustaba caminar, sobre la arena fina, a la orilla del río y daban largos paseos.

Curiosamente en círculos o más bien en un solo sentido pues siempre se veía cruzar la hamaca de la mano de julia, platicando cosas que hablan los enamorados,
Cruzando una y otra vez, y la escena se repetía una y otra vez, y aunque ella no decía nada,
él notaba que volvían caminando por el mismo lugar,
Hasta que él se detenía de pronto y la magia desaparecía, cuando en el mismo sueño su inconsciente le recordaba que era solo un sueño,
y despertaba con pesada nostalgia en el corazón.

Se despertaba con una incertidumbre de seguir escuchando las palabras de Julia sofia incrustadas en su recuerdo resonando en su cabeza.

Cuando ella le decía lo mucho que le echaba de menos, que ella le animaba a que volviera pronto, para estar juntos y nunca más separarse.

Le gustaba soñar con Julia Sofía porque de alguna forma en sus sueños, ella le traía tranquilidad.

Soñaba que caminaba con ella por la arena fina a la orilla del río como en aquellas tardes,
Cuando lo hacían tomados de la mano y a ella le gustaba observar las espumas de colores cuando llega la época del desove de los peces.

En esos días que las aguas se pintan con espumas de colores.

Pasaban muchas horas admirando la magnifica forma que manifiesta la vida acuática,
observando el paisaje de coloridas espumas en las tranquilas aguas del río.

Pero de pronto la magia del sueño se veía interrumpida por las preguntas tiernas de ella llenas de amor,
le exigía cariñosamente, que tenía que volver a ella,
que ya era demasiado tiempo lejos,
que tenía que estar con ella para siempre.

Como aquellas tantas veces que le hizo el juramento en las tardes soleadas de verano cuando se juraban amor por siempre a orillas del río poniendo a Dios por testigo,
y se entregaban su amor sin prejuicio ni remordimiento alguno,
con la libertad con la que corre el viento,
con la libertad que busca la corriente del agua en su incansable recorrido hasta alcanzar el ancho mar,
serpenteando los valles en su recorrido,
rodeando en cadencioso vaivén sobre las rocas,
hasta alcanzar la meta de juntarse con el mar, que le espera pacientemente y le llama con sonoras olas que se levantan como brazos, para recibir su tan anhelada llegada, y

permanecer juntos por la eternidad y fundirse en un abrazo eterno,
quedando unidos para siempre y ofrendar su amor al eterno creador, en la blanca neblina cada madrugada,
que a su vez se esparce en bendiciones en forma de lluvia sobre toda su creación,
para volver a empezar el ciclo de vida eterna.

Con la promesa que el sol le cumple a la luna de brillar siempre para ella,
como el amor que siente la madre por el crío con solo sentirlo mucho antes de nacer,
con la certeza del sol, que aun en a la distancia disfruta mirar a la luna y hacerla sonrojar de amor en cada atardecer.
Con la paciencia de la luna que espera al sol, cuando en embelesado eclipse se unen en fulgurantes lazos de amor.

hablaba de lo divertido que era pasar por la hamaca,
puente colgante que conecta la parte oriente del pueblo con el caserío al otro lado del río, y a su vez aligera el paso peatonal en temporadas de lluvia,
cuando la creciente de las aguas del río se vuelven rápidas y peligrosas.

Siendo de mucha ayuda para los pastores, que usan el puente colgante para pasar con los rebaños que pastan al otro lado del río.

y una bella atracción pública para los fieles que visitan el santuario del señor de tejalpa en semana santa.

En sus sueños siempre quiso volver,
pero en sus últimos días se le miraba absorto de la realidad,
aunque las noticias eran buenas,
pues su caso fue revisado por las autoridades, que llegaron a un consenso tomando en cuenta la forma en que sucedieron los hechos y por el tiempo que llevaba en este penal, decidieron que le darían la libertad.

Aunque siempre le atormentó la pena de haber perdido a su amada Julia Sofia,
sentimiento que lo acompañó hasta el final de sus días,
Mostró siempre buena voluntad para las tareas de grupo en la prisión,
tristemente todo fue cambiando desde que recibió la noticia que sería libre.
fue cuando empezó a escapar en sus sueños se encontraba ahí con ella,
JuliaSofia le esperaba en esos sueños donde él encuentraba refugio cada noche.

Sueños que le hicieron perder el hilo de su realidad,
hasta el triste día que decidió quedarse ahí,
y se negó a volver de ese sueño donde era feliz con la mujer que amaba.

Nos sorprendió a todos los que le conocimos,
y sucedió lo que él siempre deseaba, de quedarse en esos sueños donde se encontraba con ella,
y quedarse para siempre a su lado,
En esos sueños que él contaba eran de felicidad.

Desde entonces se fue perdiendo en su sueños día tras día, noche a noche,

Por días se miraba apartado de la realidad ,
confundia su realidad con sus sueños, tanto que hubo días que se le noto totalmente absorto en sus pensamientos y hablando de amor con julia Sofia,
Imaginándola aquí, en su realidad traída desde sus sueños.

A él, le precisaba más dormir,
decía tener prisa de encontrarse con ella en sus sueños.

En sus días lúcidos , dijo alguna vez que le gustaría dormir para siempre, soñar con ella y quedarse a pasar todo el tiempo soñando con su amada.

Desde entonces se negaba a sí mismo las licencias otorgadas para salir al patio,
se negó varias veces salir en los días de sol ,
la razón era según decía en su fantasía, estar esperando a ella en cada sueño.

que la última vez le estuvo esperando por mucho tiempo ,
y que esta vez no pensaba en hacerle esperar demasiado.

Solo le bastaba con cerrar los ojos y pensar en ella, para encontrarla en sus sueños, donde ella le sigue esperando, donde le pide que vuelva a ella ,
que venga a donde ella y no separarse jamás.

Que no tarde más que ya no hay nada en este plano para él, que donde ella le aguarda le sigue esperando.

Como le prometió aquella última vez cuando caminaron de la mano en las arenas del río, cuando le prometió que siempre cuidaría de ella, cuando le dijo que nunca más estarían lejos, donde le prometió que si algún día partiera lejos, le llevaría con él, por siempre...

Cuando hablaba de sus sueños con Julia Sofia
nos sorprendían tanto sus relatos, que lo comentamos en las reuniones con los hermanos.
Quizá ellos podrían encontrar la forma de platicar con él, en una forma que lo volviera a la realidad.

Pues daba indicios que por momentos, vivía alejado de la realidad, y perdía la noción del tiempo.

Los hermanos cristianos sugerían paciencia,
Creían que con la libertad, su reacción sería diferente.

El sábado pasado después que se fueron los hermanos,
pasó el resto del día muy tranquilo,
nos quedamos en el patio platicando palabras de reconciliación con uno mismo, inspirados en las charlas de los hermanos.
pues como siempre las charlas en grupo los fines de mes nos dejaban una paz tranquilizadora,
más tarde cuando salimos del salón de oración.
Volvió a contar que el sueño de volver a su pueblo era también más frecuente.

pero que esta vez sí había logrado cruzar el río,
soñó que ella estaba en la otra orilla, agitaba los brazos y le apuraba a llegar.
Le hacía señas que se diera prisa,
caminaba de un lado a otro en la orilla gritando.
ha llovido y se espera creciente,
parecía gritarle a la distancia.

El 19 de junio estuvimos platicando casi toda la noche,
se escuchaba muy cuerdo, muy alegre,
por un momento creí que eso de los sueños había sido eso, solo sueños,
Que hoy estaba más cuerdo que nunca,
pues había llegado el día de su salida,
El día siguiente sería el gran día, el 20 de junio.

Todos celebramos por él aquel día, pero él se mostró muy inquieto, parecía no darle importancia al hecho de que por fin llegaba el día de su libertad.

cumpliria 47 ya pintaba algunas canas, pero le animamos todo el dia,
Y aunque por momentos se mostraba alegre, cooperativo note que se agitaba mucho cuando pasaba mucho tiempo de pie, solo entonces le escuche una tosecilla seca un poco extraña.

Hacía tiempo que venía enfermo aunque no supimos si era de gravedad, una vez solo dijo que era algo de los pulmones pero que no era nada serio,

Me atreví a preguntar si acaso le habían dado algo en la enfermería, dijo era una tos que ya lo acompañaba desde hacía tiempo, pero la mantenía cuidadosamente oculta,

Esa noche platicamos de muchas cosas,
de cuando llegó al penal por primera vez, y lo difícil que fue para el acostumbrarse al encierro.

Después de un tiempo nos hicimos amigos,
yo soy de un pueblo que está por el mismo rumbo,

y aunque quizá merezco estar en este lugar,
Hoy creo en la inocencia que él siempre manifestó,
pero nadie le creyó,
hasta yo, en un principio.

Después supimos de la tragedia,
y no hay nada que reclamar a la vida, y a DIOS menos,
pues es el creador de nuestro destino, el no se equivoca.

Esa noche me contó, que las últimas noches seguidas el sueño era de él llegando al pueblo,
pero que él llegaba joven de 20 años, casi la misma edad que tenía cuando llegó a este penal,

Pero cuando cruzaba el río envejecía de repente
al punto de ya no poder dar un paso más,
otras veces soñaba que estaba en el río, y que miraba a julia de espaldas, que se alejaba mas y mas,
y que él trataba de alcanzarla, pero sus pasos parecían quedar rezagados como si caminara en un solo lugar sin avanzar, o como si las piernas no le obedecieran a la orden de querer caminar,
estiraba con desesperación los brazos para alcanzarla pero era inutil.

Después estaban platicando de los planes de la boda,
Pero todo cambiaba de repente cuando ella le decía, tienes que venir aquí donde estoy,
te he estado esperando por mucho tiempo,
porque no vienes?
En esa ocasión le confesó que no podía,
porque estaba prisionero,
pero en cuanto le dieran su libertad, él llegaría hasta donde ella estuviera.

En otro sueño ella le dijo,
tu no eres prisionero,
Solo estás prisionero en tus pensamientos, en tu mente,
tú eres libre, solo está en que tu creas que lo eres,
y serás libre.

Fue cuando por primera vez él le confesó, si quiero ir contigo, estar contigo pero no se como, dime cómo puedo estar contigo.

Esta vez ella le dijo cómo liberar su alma de los amarres del encierro terrenal,
De cómo entregar su alma a la libertad,
abandona ese cuerpo de sufrimiento y dolor y serás libre.

Libre en un mundo donde ya no existe el dolor,
donde no existen prisiones, donde el amor es eterno,
donde no existe la envidia y la maldad,
donde nunca más volverás a ser prisionero, donde nunca más sentirás el quemante frío de la noche, o el calcinate calor de las culpas,
un lugar hermoso donde la felicidad es eterna,
Solo tienes que venir conmigo, porque es aquí donde yo te espero.

Cuando duermas búscame aquí donde siempre,
donde yo te estaré esperando,
cerca del río, del otro lado del sol, cruzaremos la hamaca juntos, igual como tantas veces lo hicimos.

Solo tienes que buscarme cuando empieces a dormir,
yo llegaré a tus sueños como siempre,
y te diré lo mucho que te amo y del tanto amor que he guardado para ti, que siempre tuve para ti.

Estaremos juntos y esta vez no habrá una prisión que nos separe.
Estaremos juntos por la eternidad.

Estuvimos hablando casi toda la noche,

por un momento pensé en interrumpirlo y pedirle que durmiera un poco, que descansara pues al otro día caminaría hasta la central camionera, la estación de autobuses.

para tomar el autobús que lo llevaría hasta su pueblo,
pero también pensé, que carajos es el último día aquí,
hablaremos hasta el amanecer, o hasta que alguno de los dos se quede dormido.

Me contó de sus padres, de su hermano y de lo mucho que le ayudó el padre Esquivel.

De los padres de julia Sofía contó detalladamente algo que siempre contó por pausas,
pues la voz se le cortaba siempre que hablaba del trágico día.

De cómo había logrado perdonar a los culpables,
por amor a ella.

Pues por mucho tiempo fue la única idea que tenía en mente cuando saliera de aquí,
de hacer pagar a los culpables de lo sucedido,
pero que ahora que lograba su libertad y los consejos de los hermanos religiosos, había logrado perdonar ,
si es que se le es permitido a un hombre ejercer tan sublime acto.

Me contó que sentía miedo , miedo de dormir, de quedarse dormido y nunca despertar, pero más era el miedo de vivir despierto sin sentir la presencia de ella.

En esta ocasión, ella le había prometido mostrar la manera de estar juntos para siempre.

Dijo sentir miedo de no poder hacerlo,
porque estaba tan acostumbrado a estar prisionero que realmente no sabía si quería ser libre.

Pues esa palabra nos está negada a nosotros los prisioneros y solo podemos soñar, que algún día llegará.

Solo quería soñar con ella, y no le importaba el mundo y sus locuras, solo quería dormir y soñar con ella.

Te aprecio mucho me dijo, mucho, le dije que yo tambien, los quiero a todos repitió con su voz cansada,
son mi familia, son mis hermanos, y les tengo un aprecio especial.

Tu eres mi mejor amigo, me ayudaste en muchas situaciones difíciles cuando llegué a este lugar, y eso lo valoro mucho.

Volvere en los días de visita ya lo verás, me dijo sonriendo, y afirmó que aunque sea en muletas o silla de ruedas, regresaría a visitarnos,

Poco a poco se escuchaba su voz cansada, balbuceaba de cuando en cuando,
Imagine que ya estaba por quedarse dormido, pues ya era tarde en la madrugada, aunque no lo mirara pues las luces se apagan a cierta hora.

De pronto hubo un silencio.
Y luego volvió a hablar para decirme,
ya vino por mi ,
yo no respondí , y volvió a hablar,
Yo seguía sin responder, pues pensé que otra vez estaba hablando dormido,

Me llamo por mi nombre de pila un par de veces,
Diego escuche que decía,
Pretendiendo que dormía le pregunte que pasaba.

Vino por mi, me dijo, ya vino por mi,
me está esperando donde dijo que estaria, se mira muy ermosa con su vestido amarillo y su cabello al viento,

comprendí entonces a qué se refería.

se estaba despidiendo de mi,
se me hizo un nudo en la garganta y no dije nada,
por algunos segundos no supe qué decir, no quise delatar la tristeza, que me daba escuchar su despedida.

Por un momento quise decirle que no se durmiera,
que no se fuera,
pero al mismo tiempo entendí muchas cosas.

Que el siempre estuvo prisionero de su amor,
tome aire y respire profundo y deje salir el aire poco a poco mientras pensaba en su agonía.

no quise volver la mirada hacia él.

En las sombras de la noche escuche como se revolvía desesperado en su cama,
Una fría litera de concreto de dos niveles, donde el usaba la parte de abajo,
aunque mis ojos ya se habían acostumbrado a la oscuridad,
me negué a mirar en su dirección,
ya comprendía lo que estaba sucediendo y nada podía hacer.

Cerré los ojos y le dije en un tono bajo, con palabras suaves, de cariño , como cuando el padre aconseja a su hijo el primer día que asiste a la escuela,
como un leon protege con su vida a la manada,
con cariño de hermano.

Lo sé, le dije con ternura, lo sé mi hermano,

se que te está esperando,
y sintiendo un nudo en la garganta, se lo dije,

adelante mi hermano, no le hagas esperar, a una dama no se le hace ese desaire, ve con ella, y no le hagas esperar,
ve con ella y se feliz hermano mío,
y no pude decir más.

Aunque intenté seguir hablando con él, en el fondo no deseaba que se fuera.

Una presión en mi pecho y el nudo que amarro mi garganta, no me dejaron pronunciar más palabras.

Cuídate, me dijo con una voz serena aunque entrecortada , un aire de tranquilidad envolvió el lugar,
cuidate mucho, volvió a decirme balbuceando.

Después de un cansado bostezo, le siguió un silencio,
y se quedó dormido.

Después de un aletargado espacio de tiempo en silencio me senté a la orilla de la litera llorando calladamente cuando ya casi amanecía,
pues a través de unas pequeñas rejillas se percibía el color rojizo cambiante del amanecer.

En mi mente le repetí muchas veces hasta que no pude más, le grité se feliz con ella,

Y SE LIBRE , LE GRITE TAN FUERTE COMO PUDE.

tan fuerte que ya los reos del penal se daban cuenta de la situación.

Desde hoy te declaro libre, libre como el viento
nunca más volverás a ser prisionero.

y entre gritos y palabras de despedidas que sonaban por diferentes rincones del penal, esa madrugada despedimos a un hombre muy hombre,
que por amor sufrió la condena más triste de su vida.
un hombre inocente que fue acusado vilmente por personas sin escrúpulos.

que DIOS le conceda libertad eterna,
pues en este mundo terrenal, fue un prisionero que sonó con el amor verdadero,
y murió con la fe de encontrarla en la otra vida.

fue mi última oración en su memoria,

Un hombre que en vida se llamó,

JUAN PEDRO AVELAR GARCÍA

de Santa Cruz Tejalpa era originario.

---------------- F I N ------------------

Esa mañana ya no despertó, dejó de ser prisionero terrenal,
para ser libre con el amor de la mujer que tanto amo,
y nunca dejo de amar,
y que muy seguramente seguirá amando, por toda la eternidad.

En ese mundo que a través de sus sueños fue creando,
y llenando de recuerdos.

Un mundo apartado de la envidia y codicia terrenal,
un mundo donde nunca más, nadie se interpondrá en su camino a la felicidad.

Esa mañana 20 de junio cumpliria sus 47 años,
su cuerpo fue velado en la capilla de la prisión,
mientras se investigaba a donde sería llevado el cuerpo.

Los hermanos cristianos hicieron todo lo necesario,
para repatriar el cuerpo al pueblo que lo vio nacer,
Santa Cruz Tejalpa,
donde conoció el amor, y tristemente también el dolor.

Donde envuelto en una tragedia, miró por última vez a la mujer que tanto amo.
Donde aferrado a sus brazos en su agonía ella le juro
que por siempre lo amaría.
Y no hubo para él un amor más puro y verdadero que el amor de Julia Sofia.

JULIA SOFÍA DE LA HUERTA AGUILAR 1938 – 1960

Dicen que fue enterrado en secreto en el atrio de la antigua parroquia del pueblo.
Es lo que se contó aquí en la prisión tiempo después,
por noticias que le llegaban a otros reos.
la verdad no la sabemos.
Dicen que hay una lápida secretamente oculta en el atrio de una iglesia marcada solo con unas iniciales que reza así.

Dep
J P A 1937 –1984

Julia Sofía de la huerta Aguilar,

el eterno gran amor de su vida,
mujer que tanto amo asta el final de sus días ,
y ella, la mujer que amo a ese hombre,
tanto que hasta después de esta vida lo fue llamando,
y terminaron juntos en ese mundo de ensueño,
en el sueño eterno que está después de la vida terrenal.

El prisionero... Sueños de un prisionero...

Autor Vicente Gil

En memoria de un gran amigo...

Made in the USA
Middletown, DE
13 January 2025